키워온 거 그래서
20년 살아남았습니다

일러두기

1. 저자 고유의 입말을 살리기 위해 구어체는 되도록 고치지 않았습니다.
2. 원고의 이모티콘은 작가가 집필 당시 가졌던 느낌을 독자분들이 공감할 수 있도록
   그대로 살려두었습니다.
3. 단행본은 《 》로, 신문, 잡지, 영화, 방송 프로그램, 유튜브 채널 등은 〈 〉로 표기했습니다.

좋아하는 일, 꾸준히 오래 하면, 생기는 일

귀여운 거 그려서
20년 살아남았습니다

글·그림·사진 정헌재(페리테일)

"꼭 안아주며 시작합시다."

OUR*
MEDIA

이름을 불러주세요!

보라 요정
(a.k.a. 흰둥이 바깥양반)

오랑이
(pet name 오랑씨)

흰둥이
(a.k.a. 페리테일)

Call My Name!

핫하다는 동네에서 10년간 가게운영
동네의 흥망성쇠를 모두 경험한 보라요정

산기슭을 헤매다 5년 전
보라요정과 흰둥이 집에 들어온 오랑씨

캐릭터 웹툰계의 화석, 고인물,
죽지 않는 유산균, 어쨌든 20년을 살아남은 흰둥이

"우당탕탕 어쨌든 살아남았다"

바야흐로 살아남기 위해 달려야 하는
생존의 시대가 되었습니다.
마치 러닝머신 위에 올라선 것처럼
가만히 있으면 당연히 뒤로 밀려나고
달려야 제자리인 그런 시대.
게다가 러닝머신의 속도는 점점 빨라지고 있어서
우리도 점점 속도를 내야 하는 그런 시대입니다.

"나는 뭐로 살아남았나?"

이 책은 이 질문에서 시작했습니다.
언젠가 이 질문에 대한 것들을 모아 책을 내면 좋겠다고
생각했어요.
한두 해 가지고는 안 될 것 같고
적어도 10년은 해야 하지 않을까 싶었는데
퍼뜩 정신을 차려보니 무려 20년이 지났네요.

"그림 그리고 글 쓰고 노래 부르며 살고 싶습니다."

만화(낙서) 그리기는 초등학교 들어가기 전부터 했고
글 쓰는 것은 초등학교 때 일기 쓰면서부터 했고
노래 부르며 살고 싶다는 생각은
대학교 들어가서 학교 친구들과 첫 밴드 할 때부터
하게 되었습니다.

"딱 들으니, 베짱이의 삶인데,
개미처럼 살아야 하는 거 아닌가?"

맞아요. 처음 그림 그린다고 했을 때
제 주위 몇몇 어른들은 "그거 해서 먹고살 수 있나?"라는
말을 제게 했습니다.
그리고 저는 물리적으로 어른이 되었고
"그거 해서 먹고살 수 있나?"의
'그거'를 담당하며 살아남았습니다.

첫 책을 내고 거의 매년 책을 냈다고 해도
과언이 아닙니다.
그사이 제 이름으로 낸 책만 열두 권이고
마지막 책은 세 권 시리즈라 권수로는 열네 권,
중간에 삼성생명 캐릭터를 제작하고 만든

어린이 책이 다섯 권,

그리고 2003년부터 '시간기록장'이라는 이름으로

제 브랜드로 다이어리를 만들었는데 그게 열일곱 권.

일반적인 다이어리라고 하기에는

중간에 넣는 이야기들이 많아서

거의 책 개념으로 생각하고 만들었으니

모두 합하면 서른여섯 권의 책을 낸 셈입니다.

당연히 책만 낸 게 아닙니다.

네. 대한민국에서 책만 내서 먹고살 수 있는 사람은

그리 많지 않습니다.

그사이 저는 웹툰도 연재하고

캐릭터 사업도 하고

사진도 찍고

글도 쓰고

그야말로 제가 할 수 있는

거의 모든 것을 하며 살아갔습니다.

저도 이렇게 오래 살아남을 줄 몰랐습니다.

'그거 해서' 먹고살 수 있을 줄 몰랐어요.

인생은 그렇게 '알 수 없음'의 연속이고

우리는 그 '알 수 없음'의 터널 속에서

길을 찾아 여행합니다.

처음 가려던 곳과는 다른 곳에 도착하기도 하고

롤러코스터처럼 오르락내리락하기도 합니다.

나를 살아내게 한
반짝이는 사람들,
사건들,
어떤 물건,
따뜻한 기억,
작고 소중한 털뭉치들….
생각해 보면 거의 모든 것들 덕분에
살아남을 수 있었습니다.

실패와 성공을 반복하고
풍족함과 궁핍함을 가로지르며
그중에서 우리를 살아남게 한 귀여운 것들의 이야기,
20년간 귀여운 거 그려서 살아낸 이야기를 정리합니다.

차례

1 무엇으로

어디서 많이 본 듯한 흰둥이, 보라요정, 오랑이

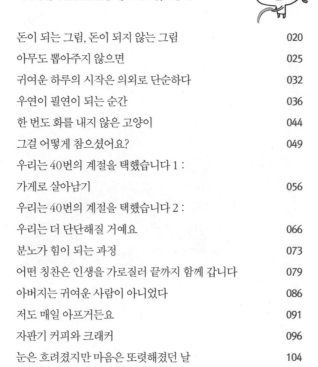

2 어떻게

인생을 커피처럼 마시는 태도에 관하여

3 매일매일 귀엽개

작지만 소중한 털뭉치들과 함께

4 그렇게 살아간다

지금 하는 일의 결과를 보고 싶다면

01

무엇으로

어디서 많이 본 듯한 흰둥이, 보라요정, 오랑이

돈이 되는 그림,
돈이 되지 않는 그림

아직 책이 나오지 않았으니

이 그림은(20쪽에 있는) 돈이 되지 않는(은) 그림입니다.

책이 나온다면, 그래서 누군가 그 책을 사준다면

이 그림은 돈이 되는 그림으로 변합니다.

그림으로 처음 돈을 번 기억은

꽤 오래전으로 거슬러 올라가야 합니다.

미대에 들어가고 다니던 학원에서

아르바이트로 입시생 가르치는 일을 하면서 받은 돈이

그림으로 벌어본 첫 번째 돈이었습니다.

그때는 귀여운 것을 그려서 번 것이 아니었습니다.

하지만 그때도 꾸준히 귀여운 것을 그리고 있었습니다.

아니 귀여운 것을 그린 기원으로 올라가자면

더욱더 어린 시절로 돌아가야 합니다.

그때 그리던 귀여운 그림은 돈이 되지 않았습니다.

그리고 그때는 돈이 되지 않던

'귀여운 그림'들은

거의 20여 년을 지나서 돈이 되어주기 시작했습니다.

왜 처음부터 돈 이야기인가? 하시겠죠.

돈이 전부는 아니지만

다른 이가 나의 그림과 글을

돈을 주며 소비해 준 순간,

첫 책이 나오면서 그림으로 돈을 벌게 된 그 시점이
직업으로 작가라 말할 수 있게 된 때라 그렇습니다.
스스로 작가라는 이름을 붙일 수 있게 된 그날 밤
잠을 이루지 못할 정도로 흥분되고 기뻤습니다.
어릴 적부터 그림 그리고 글 쓰는 일을 좋아했고
나이 들면서 그 일로 먹고살았으면 좋겠다는
꿈을 꾸었습니다.
그 꿈이 이루어지던 순간 너무 좋아서
어두운 밤의 한가운데 누워
가장 밝은 꿈을 꾸었습니다.

'이렇게 좋은 일인데, 오래오래 쓰고 그리고 싶다.'

그림을 그리고 글 쓰는 일이 전업이 된 후
매년 '살아남기'는 제게 큰 화두였습니다.
한 권, 두 권 책을 내면서
'이 일을 한 20년쯤 한다면
그때는 이런 책도 쓸 수 있겠다' 싶었는데
정말로 20년을 지나왔습니다.
그때 제가 가졌던 '살아남았다'의 기준은
제 그림을 누군가 사준다는 것이었고
가장 최근에도 제 그림을 팔았으니
그 기준으로 본다면 저는 살아남았습니다.

2002년의 첫 책으로부터
20년이 지나 열세 번째 책까지.
그동안 쓰고 그렸던 이야기들이
살아온 시간만큼 쌓였습니다.
어떤 그림은 돈이 되었고
어떤 그림은 돈이 되지 못했습니다.
의도한 대로 흘러간 것도 있고
의도하지 않은 방향으로 가기도 했습니다.
그사이 저는 이리저리 흔들리고
실패하고 성공하기를 반복했습니다.
20년 동안 수없이 달라졌지만
단 하나 달라지지 않은 게 있습니다.
계속 '귀여운 것'을 그리고 있다는 것.
계속 '좋아하는 일'을 하고 있다는 것.
2년 차에는 이런 생각을 해도 쓸 수 없을 말이지만
20년을 하니까 쓸 수 있는 말이 되었습니다.

"아!! 계속하면
살아남는구나."

물론 20년을 한다고 불안이 사라지지는 않습니다.
다만 그 불안에 잠겨 가라앉지 않고
불안의 파도를 타며 항해하는 법을 배웁니다.

불안의 파도 위에서
귀여운 것을 그렸더니
어느새 20년이 지나버렸습니다.

저는 귀엽지 않지만(-_-;;)
그림이라도 귀여운 것을 그려서
제 삶이 좀 귀여워졌으면 좋겠습니다.

아무도
뽑아주지 않으면

대부분의 작가들이 그렇듯

저도 그동안 냈던 책의 첫 원고(손으로 직접 쓴 것)와

프린트들을 모두 박스에 담아 간직하고 있습니다.

이사 때문에 짐을 정리하다 초창기 투고 봉투를 봤어요.

소인 찍힌 날짜가 2001년 3월 20일이네요.

제가 좋아하던 잡지 〈페이퍼〉에 원고를 보내고

〈페이퍼〉에서 검토해 보고 돌려보내 준 것입니다.

원래 원고는 거의 돌려주지 않는데

그때 제가 밖에 나갈 수 없기도 했고

손글씨 원고 그대로 책을 내고 싶어서

육필원고를 보냈었어요.

원고지에 쓴 것도 아니고 그냥 흰 종이에 그리고 쓴…

말도 안 되는 원고. (-_-;;;)

2000년부터 2002년 초까지 제가 알 수 있는

거의 모든 출판사에 원고를 보냈고 모두 퇴짜 맞았습니다.

하지만 손으로 그리고 쓴 원고가 마음에 걸려서인지

출판사들 대부분 원고를 돌려보내 주셨습니다.

저는 그때의 고마움을 아직도 품고 살아요.

이런 따뜻하고 귀여운 마음이

계속할 수 있는 힘을 주곤 합니다.

아무튼 원고를 보낼 때마다 항상 될 것 같았어요.

뽑힐 것 같은 마음으로

두근두근 시간을 보낼 수 있었습니다.

그렇죠.

시도를 하고 안 될 거라 생각하는 사람이

어디 있겠습니까.

하다못해 로또도 될 것 같은 마음을 품고 사는데요….

원고는 계속 돌아왔습니다.

'아, 왜 안 뽑혔지?'

원고가 돌아오면

버릴 건 버리고 다시 쓰기를 반복했습니다.

대단한 퇴고 과정을 거치는 게 아니라

그냥 쓰고 그리기를 반복했어요.

네. 원고는 계속 돌아왔습니다.

그때의 원고들이 모여서 첫 책《포엠툰》이 되었습니다.

책은 운 좋게 굉장히 잘되었습니다.

20년을 쉬지 않고 그리고 썼지만

아직도 제 첫 번째 책《포엠툰》과 두 번째 책《완두콩》으로

기억하는 분들이 많습니다.

제가 낸 열두 권의 책 중에 제일 많이 팔려서

제일 많은 독자들이 만난 책이니까요.

결과적으로 제겐 잘된 일이었지만

원고를 돌려보낸 출판사들의 선택이

틀린 것이 아니었습니다.

처음 원고를 보낸 곳에서 책을 내주었다면

그렇게 잘되지 않았을 거예요.

당시에 퇴짜 맞은 원고는

거의 다 수정하고 추가해서 바뀌었고

마침 일어난 인터넷 붐으로

개인 홈페이지를 통해 먼저 그림을 올리고

그것으로 독자를 모을 수 있었으니까요.

2년 동안 이어진 거절과 실패의 기억은

퇴짜 맞는 것에 대한 작은 '면역'을 주었습니다.

일종의 백신 같은 거죠.

백신을 맞으면 그 병에 영원히 걸리지 않는 게 아니라

걸려도 덜 아픈 것처럼,
'실패 백신'과 '거절 백신'을 줄기차게 맞고
제 기억 세포에 '실패와 거절'이 새겨진 후로
수없이 같은 일들이 반복되었지만
녹다운될 만큼 아프지 않았습니다.

참, 그때 또 좋은 걸 배운 게 있습니다.

아, 나는 그림으로만은 안 되는구나.
그럼 글을 써서 붙여야지.
아! 글을 붙여도 안 되는구나.
그럼 사진을 찍어 넣어야지.
아! 그걸로도 안 되는구나.
그럼 말을 해서 들려줘야지.
노래를 불러봐야지.
거기다 다시 글을 써야지.
그 안에 그림을 그려 넣어야지.
홈페이지를 만들어야지.
블로그를 해야지.
트위터를 해야지.
페이스북을, 인스타를, 유튜브를, 브런치를….
아, 새로운 서비스가 나왔다고? 해야지.
저기에도 보내야지.

여기에도 보내야지.

이 사람한테도 말해야지.

저분한테도 제안해야지.

나는 귀엽지 않으니까

그림이라도 귀엽게 그려야지.

아무도 뽑아주지 않으면

내가 나를 뽑아줘야지.

아무도 나에게 일을 주지 않으면

내가 일을 만들어야지.

무슨 그림 그려서 처음 상 받은 날
아버지와 형들

(정작 나는 하품하고 관심도 없…는)

귀여운 하루의 시작은
의외로 단순하다

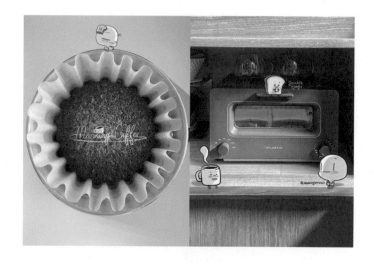

같은 것이 다르게 보일 때

코로나가 바꾼 제 일상 중에 하나가

이른 아침(이라고 하기에는 새벽에 가까운)에 내리는 커피입니다.

저울 위에 알루미늄 바스켓을 올리고

'좋아하는' 로스터리 카페에서 사 온 원두를 꺼내

20그램을 맞추고 '좋아하는' 주전자에 물도 올립니다.

물 온도는 93도.

온도가 올라가기 전에 역시 '좋아하는' 빵집에서 사 온
식빵 두 개를 꺼내 토스터 안에 올려놓습니다.
그사이 올려놓은 물이 데워지면
'좋아하는' 드리퍼를 꺼내 갈아놓은 원두를 붓고
데워진 물을 부으면 커피가 부풀어 오릅니다.

처음 원두를 갈 때 한 번,
물을 부은 원두가 부풀어 오를 때 또 한 번
기분 좋은 커피 향이 주위를 가득 채웁니다.

"매일매일 내리지만 그날그날 다릅니다."

어떤 날은 향도 더 짙고 물을 머금은 원두도
정말 방금 구워낸 빵처럼 잘 부풀어 오릅니다.
그런 날의 커피는 유난히 맛도 좋아서
빨리 마시고 싶지 않다는 생각이 들 정도입니다.

사실 알고 있습니다.
매일매일 내리는 커피 맛이 다른 이유는
제가 전문 바리스타만큼 실력이 훌륭하지 않아서인 것을.
그리고 커피 빵이 잘 부푼다고 좋은 커피가 아니라는 것을.
원두에 따라 다르고 어떤 드리퍼를 쓰느냐에 따라 다르고
원두를 어느 정도 갈았느냐에 따라 다르고

물의 온도에 따라 다르다는 것을.

거기에 내리는 제 기술의 짧음까지.

하지만 하나 분명한 게 있습니다.

기분 좋게 내리면 기분 좋은 맛이 난다는 것.

급하지 않고 느리지만 기분 좋게.

나의 좋은 온도를 찾는 여행.

커피를 내릴 때도, 커피를 마실 때도

그 모든 순간이 그런 온도를 찾는 과정입니다.

오늘 아침, 내리는 커피 빵은 유난히 잘 부풀어 오르고
구워진 식빵의 갈색 줄무늬도,
까만 커피의 동그란 얼굴도
너무 귀여워서 기분이 좋았습니다.
매일 보는 것을 조금 다르게 볼 수 있을 때
살아내는 기술을 하나 더 얻습니다.

소박하고 귀여운 하루의 시작은 의외로 매우 단순합니다.

동네 카페에서
사장님이 직접 볶은 원두,
오래된 동네 빵집의
갓 구운 식빵,
이른 아침 2g의 원두를 갈고
토스터에 빵 조각을 넣는다.
빵이 노릇노릇 구워지고
고소한 커피가 내려진다.
구워진 식빵의 갈색 줄무늬도
커피 속 까맣게 동그란 얼굴도 귀엽다.

소박하고 귀여운 하루의 시작은
의외로 단순하다.

#귀여움거리서 20년살아남았습니다

우연이
필연이 되는 순간

오랑씨는 저희와 같이 사는 고양이입니다.
집고양이는 아니고 2018년 3월 8일 밤
양평의 대형 카페 앞에서 만났습니다.
몇 살인지 몰라요.
이제 2023년이니 벌써 5년이라는 시간이 지났습니다.

코로나가 오기 전 보라요정 님과 저는
거의 매일 카페에서
커피를 마시며 하루를 정리하는 게
가장 큰 행복 중 하나였습니다.
오랑이를 만난 그날은
개인적으로 좀 안 좋은 일도 있고 해서
바람도 쐴 겸 멀리까지 나가기로 했습니다.
어디 갈까 하다가 예전에 자주 가던
포천의 국숫집이 떠올라 그곳으로 향했습니다.
식사를 다하고 커피를 마시러 가야지 하고
고민하다가 둘 다 "테라로사!"를 외치고 가려는데….
생각해 보니 집에서 국숫집까지 거의 50여 킬로,

포천의 국숫집에서 다시 양평까지 또 50여 킬로,

나중에 다시 집에 돌아가려면

거기서도 50여 킬로를 가야 하는 건데….

'국수 먹으러 50킬로를?

거기서 커피 마시자고 또 50킬로를?

얘네들 미쳤나?'에서 '미쳤나'를 맡고 있는 우리들이라

룰루랄라 저희가 좋아하는

양평의 테라로사 카페로 갔습니다.

커피를 마시며 얘기를 하다 영업이 끝날 무렵 나왔는데

웬 노란 털뽀시래기가 애옹애옹거리며

다른 사람들을 따라다니고 있었습니다.

그리고 우리를 본 순간, 죽기 살기로 따라오기 시작했는데

그 고양이가 바로 지금의 오랑씨입니다.

(이 이야기는 비운의 웹툰 〈같이 살 수 있을까〉에 전부 그렸지만

비운의 만화라 보지 못한 분들도 많으니 글로 다시 씁니다. -_-;;)

아무튼 그날 오랑씨는 정말로

우리 아니면 안 될 것처럼 따라다녔어요.

저희도 처음에는 그러다 말겠지 하고

같이 있어주었는데 시간이 지나도 가지 않아

주변 가게분들에게 물어보게 되었습니다.

"혹시 이 고양이 여기서 키우는 건가요?"

아니라고,

며칠 전부터 나타났는데

마침 근처 가게에 고양이 밥을 주는 분이 계셔서

계속 오는 것 같다고 했습니다.

어쩌나 하다 결국 그냥 가겠지 하고 차에 올랐는데

이 녀석이 정말 차에 딱 붙어 울면서 가지 않는 거예요.

차를 움직이면 다칠까 봐 저는 내리고

보라요정 님이 "야, 너도 같이 갈 거야?"라고 했더니

녀석이 열린 문 사이로 잽싸게 올라타는 거예요.

말도 안 되는 일이 벌어졌는데

혹시 어디 아픈 데는 없나 병원이나 데려가 보자 하고

서울로 와서 24시간 동물병원에 데려갔습니다.

다행히 녀석은 큰 문제가 없었고

병원에서는 심야 검사는 비싸니

날 밝고 다시 오는 게 좋겠다고 했습니다.

보라요정 님과 저 둘 다 '고알못'이라

병원에서 알려주는 대로 급하게 고양이 화장실,

모래, 사료 등 당장 필요한 것들을 구입한 뒤

조마조마한 마음을 가지고

일단 병원을 나왔습니다.

그 밤에 온 거라

무슨 케이지가 있는 것도 아니고

그냥 옷으로 둘둘 말아서 안고 있었는데

이 녀석이 병원을 나서자마자

제 품에서 총알같이 튀어 나가는 거예요.

저는 '아 망했다! ㅜ_ㅜ

괜히 데리고 와서 더 위험해진 거 아니야?'라는 생각에

"야!!! 어디 가!!! 야 인마!!" 하고 외쳤더니

미친 듯이 달려가던 오랑씨가 (당시 이름 없음)

거짓말처럼 딱 멈춰 섰어요.

치타처럼 튀어 나가던 녀석이 멈춰 서서 날 빤히 쳐다보는데

그 순간이 정말 초현실적으로 느껴졌습니다.

저는 조용히 걸어가서 다시 오랑씨를 안아 올렸습니다.

아직 추위가 가시지 않은 3월의 늦은 밤,

녀석을 가만히 들어 올려 품 안에 안으니
그 밤의 온도가 몇 도쯤 올라간 것 같았습니다.

저는 거의 평생 아토피를 앓아왔고
그중 몇몇 해는 상태가 거의 죽기 일보 직전까지 가서
아예 밖에 나갈 수 없을 정도로 아팠기 때문에
알레르기를 유발하는 것들은 모두 피해야 하는
그런 몸입니다.
굉장한 후유증을 남긴 이 병은 게다가 아직 진행형이죠.
거의 모든 것에 알레르기 반응이 있는 제가
반려동물과 사는 것은 상상도 할 수 없는 일이었습니다.
물론 지금은 그나마 많이 좋아졌지만
늘 살얼음판 위를 걷는 심정으로 살아가고 있습니다.

그런데 고양이라니!!!!

걱정이 어마 무시하게 앞서는데,

이 작은 치즈 덩어리 같은 고양이는

정말로 세상 편하게, 처음 본 사람들의,

처음 와본 집이라고 믿기지 않게 잠을 자더라고요.

처음에는 고양이 키우는 지인도 많으니

입양을 원하는 분이 있으면

잘 보살펴주다 좋은 분에게 보내줘야지 했어요.

하지만 하루하루 날이 갈수록 오랑씨와의 묘연이

뭐라 말할 수 없을 만큼 특별하게 느껴졌어요.

녀석은 정말 처음 만난 고양이라고 믿기지 않을 만큼

놀라운 적응력을 보여주었고

마치 처음부터 우리 집에서 태어난 것처럼

우리 곁에 착 달라붙어 있었습니다.

중성화도 안 되어 있고

예방접종도 필요할 것 같아서

이런 거라도 해주고 보내자 마음먹고

수술도 시켜주고 예방접종도 해주고 그렇게 지냈습니다.

오랑씨와의 시간이 쌓이면서 '고양이 키우는 친구들에게,

혹은 입양을 원하는 분에게 보내줘야지' 했던 마음은

'아, 같이 살고 싶다'라는 마음으로 바뀌었습니다.

다행히 제게 큰 문제가 없었고(위기가 없었던 것은 아니지만)

우리 인생에서 한 번도 경험해 보지 못한
귀여움을 매일 목격하게 되면서
'고알못' 두 인간은 '이 묘연은 잡아야 한다!'라고
생각하게 되었습니다.

우연이 일어나는 과정은 꽤 복잡하지만
그 우연이 필연이 되는 순간은 아주 단순합니다.
그날 우리가 국수 한 그릇,
커피 한 잔을 먹자고 100킬로를 가지 않았다면,
그 카페에서 혹시 더 빨리 나왔다면,

오랑이가 우리 차에 올라타지 않았다면,

병원에서 나온 직후 제 품에서 튀어 나갔다가

제가 부르는 소리에 멈춰 서지 않았다면,

3월 8일의 그날이 아니었다면,

이 모든 복잡한 우연이 벌어지지 않았겠죠.

그리고 우연은,

아주 단순하게 마음 하나 먹는 것으로 필연이 됩니다.

"우리 같이 살 수 있을 것 같다!"

추신 오랑이를 만나기 전,
:   이틀 동안
      저는 고양이랑
      같이 사는 꿈을
      꾸었습니다.
      너무 생생해서
      보라요정 님에게도
      말했는데 그다음 날,
      오랑이를 만난 거예요.

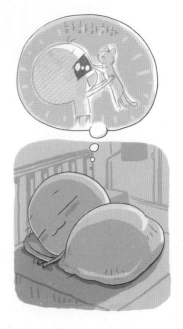

한 번도 화를 내지 않은
고양이

여기 한 번도 화를 내지 않은 고양이가 있습니다.

고양이는 하악질이라는 것을 합니다.
화가 나거나 짜증 날 때,
위협할 때,
위험하다고 느낄 때,
너무 귀찮거나 무서울 때 하는 것 같아요.
왜 '같아요'라고 쓰냐면…
오랑이는 집에 오고 나서

한 번도 하악질을 안 했거든요.

길에서 만나 우리 집에 오게 된 것이라 나이를 몰라요.

녀석을 만난 첫날 심야에 갔던 동물병원에서

의사 선생님이 진료대 위에 오랑이를 올려놓고

이리저리 확인하며 (체온 재느라 똥꼬까지 찔렀… -_-;;)

이런 얘기를 해주셨습니다.

"애기가 순둥이네요. 이런 애는 열에 한둘이에요."

병원에서 돌아온 새벽,

처음 온 집에서 처음 본 사람들을 앞에 두고

오랑이는 쿨쿨 잠이 들었습니다.

자다 깨서 무릎 위에 올라 또 잠이 들었습니다.

네, 처음 만난 고양이입니다. (-_-;)

그 후로 하루하루 같이 살면서

오랑이는 하악질을 하지 않는다는 것을 알았습니다.

'혹시 배우지 못한 게 아닐까.'

왜냐하면 오랑이는

채터링(고양이가 사냥할 때 내는 특정한 소리)도 못 하거든요.

하악질이나 채터링은 거의 본능일 텐데

이게 학습이 되지 않아서

나타나지 않는 게 말이 되나 싶기도 했죠.
혹시 우리한테만 안 하는 게 아닐까
생각하기도 했는데 외부인이 오거나 병원에 가서도
하악질을 하지 않더라고요.
네, 오랑씨는 고양이계의 리트리버 같아요.
오랑이도 종종 뭅니다.
하지만 세게 물지 않아요.
고양이가 놀자는 의미로 살짝 무는 게 있는데
딱 그 정도입니다.
오랑이는 할퀴지도 않습니다.
장난치다 발톱이 나와서 우리가 아파하면
정말 자기가 깜짝 놀라 발톱을 집어넣습니다.

상처가 났던 적이 있습니다.
오랑이가 상처를 낸 게 아니라
장난치다 제가 놀라서 몸을 빼다가 난 상처예요.
그런데도 오랑이는 저를 보고
엄청나게 미안해하는 거예요.

"너만 그렇게 느끼는 거 아냐?"

아니요, 같이 살아보면 진짜로 압니다.
오랑이는 우리 사이 공기의 기분을 알아요.

우리가 우울해하면 본인도 가라앉습니다.
심지어 저랑 보라요정 님이 다투면
우리 사이로 비집고 들어와서
〈슈렉〉의 장화 신은 고양이의 그 눈빛으로
우리를 번갈아 봅니다.
화를 내지 않는 고양이가 우리에게 왔고
우리는 그 고양이를 보며
서로에게 화를 덜 내는 법을 배웁니다.

이 작은 고양이가 우리의 삶에 들어온 이후,

'우리가 비를 맞지 않게 해줄게' 했었죠.
잠깐은 그런 줄 알고 있었는데
시간이 좀 지나서야 알았습니다.

요 작은 솜뭉치,
따스한 노란 주머니 같은 녀석이
우리의 비를 온통 막아주고 있다는 걸.

그걸 어떻게
참으셨어요?

여기 서로에게 미안해하는 두 사람이 있습니다.

언젠가부터 제가 나이를 조금 먹은 후로

그분은 제가 하는 일을 모두 믿어주었습니다.

무얼 해도, 어떤 말을 해도, 어떤 선택을 해도

전부 다 지지해 주고 모두 맞는다고 해주셨습니다.

제가 성적이 잘 나오지 않아도,

미술을 한다고 했을 때도,

학원에 나가고,

학교를 휴학한다 해도,

입시를 다시 한다 해도,

머리를 기르고,

염색을 하고,

음악을 하고,

어디서 무엇을 어떻게 하든.

물론 얘기를 안 하신 것은 아닙니다.

걱정스러운 조언과

가끔은 반대의 의견도 주실 때가 있었지만

결론은 언제나 저에 대한 지지였습니다.

세상에서 가장 큰 힘을 주는 말이

"나는 너를 믿는다"라는 것을 저는 그분에게 배웠습니다.

제가 초등학생일 때 그분은 돌아가실 뻔했습니다.

맹장이었는데 그걸 참으셨어요.

왜냐하면 공장에 나가서 돈을 버셔야 했거든요.

아직도 그날의 일이 생생히 기억납니다.

저는 그분이 아프다 누워 있는 것을

거의 본 적이 없었거든요.

언제나 새벽에 일어나

저희 먹을 것을 챙겨놓고 공장에 가서서

밤 8시나 되어야 돌아오시는 그 일상에

아프다고 말씀하시는 것을 본 적이 없어요.

저는 그분은 아프지 않은 사람인 줄 알았어요.

그날은 아프다고 누워계셨습니다.

그렇게 이틀을 넘게 참으시고 일하시다 맹장이 터져서

복막염으로 긴급 수술을 받으셨습니다.

너무 응급 상황이어서 당장 수술할 병원을 찾아야 했는데

마땅한 곳이 없었습니다.

마침 그때 우리 집 뒤에

종합병원인 아산병원이 생긴 직후였어요.

병원에 도착하자마자 바로 응급수술을 받으셨습니다.

지금은 모두 재개발되어 흔적도 남아 있지 않지만
예전 살던 시영아파트에서 아산병원으로 빨리 가기 위해
아파트 뒤 둑길을 넘어가곤 했습니다.
둑길 위로만 다닐 수 있고 넘어가는 길은 아니었습니다.
초등학생이었지만 편한 길을 걸어
그분에게 가면 안 될 것 같았어요.
그래서 일부러 비탈진 나무 숲길을,
가시 꽃들을 제치고
갈대숲을 지나가야 하는 길을 골랐습니다.
그 길을 건너가는 걸음 하나하나에
"살려주세요"라고 끝없이 되뇌었습니다.
그런 소망을 말할 때는
최소한 이런 길이라도 걸어야 할 것 같았습니다.
그냥 편한 길로 가면
제 소원을 들어주지 않을 것 같았습니다.
그분은 배에 커다란 수술 자국이 남았지만
살아나셨습니다.
그때부터 나는 그분에게 '미안한 마음'이 들었습니다.
정확하게 몰랐지만 그게 '미안함'이라는 것을
시간이 지난 다음 알게 되었죠.
나는 종종 그분을 마중 나갔습니다.
지금은 잠실나루역이라 불리는 2호선의 성내역으로,
어떤 날은 그분이 일하는 공장이 있는

성수역까지 가기도 했습니다.
그때는 할 수 있는 게 그것뿐이었습니다.

그분은 지금도 저랑 통화할 때 제가 밖에 있다고 하면,
누군가를 만나고 있다고 하면 좋아하십니다.
그게 좋아할 일인가? 할 수도 있지만
저는 그 마음을 알아요.
그분의 소원은 그냥 제가
'밖에 돌아다니는 것'이었습니다.
일하고 성공하고 돈을 벌고 그런 게 아니라
그냥 두 발로 밖을 돌아다니는 거요.
사람들을 만나고 일상을 사는 거요.
저는 그 전폭적인 지지 뒤에 있는
깊은 슬픔을 알고 있습니다.
그 뒤에 깔린 미안함을 알고 있어요.
생각해 보면 그분이 겪은 위기의 순간은
셀 수 없이 많았습니다.
그분은 제가 잘 참아냈다고 얘기했지만
제가 참아낸 것은 그분이 참아온 것에
천분의 일, 만분의 일도 안 된다고
늘 생각했습니다.
그분은 늘 제게 미안해하고
저는 늘 그분에 대해 미안해합니다.

누군가에 대한 미안함은 사람을 죽이기도 하지만
사람을 살리기도 합니다.

"엄마, 그 수많은 일들을 어떻게 참으셨어요?"

어머니와 아버지, 젊은 시절

(내가 모르던 두 분의 시간)

우리는 40번의 계절을 택했습니다 1 :
가게로 살아남기

사랑하던 골목이 있었습니다.

우리는 이 골목에서 무려 40번의 계절을 만났습니다.

비처럼 내리는 벚꽃도 보았고

잠시 잡아둘 수 있는 바람도 만났고

세상이 전부 발그레해지는 것도 보았고

춥지 않은 눈도 보았습니다.

보라요정 님은

2012년 봄에 이 골목에 작은 가게를 열었습니다.

처음 이곳은 불법 주차된 자동차들로 막혀 있고

사람도 별로 다니지 않는 그런 곳이었습니다.

가게 옆집은 한참을 사람이 살지 않아

폐가처럼 비어 있었고

다른 가게는 하나밖에 없는 막다른 골목이었어요.

하지만 보라요정 님은 순전히

이 골목과 가게가 마음에 들어서 결정을 했다고 해요.

처음 가게를 인수할 때

가게 옆에 앙상한 인조 벚나무가 있었는데

새로운 벚나무를 사서 벚꽃을 가득 달아
가게 앞에 놓으며 이렇게 말했어요.

"이 골목은 사계절 내내 봄이었으면 좋겠다."

그 후 벚나무는 정말 사계절 내내 봄이 되어
골목과 가게의 작은 상징이 되었습니다.

보라요정 님은 매일 가게와 골목의 앞뒤를
정성스럽게 꾸미고 가꾸었습니다.
당연히 장사하기 위함이기도 했지만
마치 살아 있는 생명처럼
이 골목을 쓰다듬어 주는 것 같았어요.
아무것도 없던 골목의 앞과 뒷골목에
화단을 만들어 매일 물을 주고 가꾸었습니다.
담쟁이를 심어서 건물을 예쁘게 타고 올라가도록
어느 줄기는 자르고 어느 줄기는 붙잡아서
모양을 만들었습니다.
이름만 대면 알 수 있는 드라마와 영화들이
이곳에서 촬영되었습니다.

장사는 쉽지 않았습니다.
매일 사건이 생기고 불특정 다수를 만나는 일은

만나는 사람 수만큼의 스트레스를 주었습니다.
세상의 모든 일이 나름의 어려움을 갖고 있지만
장사하는 것을 처음 지켜본 저는
그 후로 모든 사장님을 존경하게 되었습니다.
하지만 그 고비마다 우리를 잡아준 것은
정성과 시간으로 겹겹이 쌓아 올린
작고 하얀 가게와 이 평화로운 골목이었습니다.

가게 문을 열고 한 해 두 해 지나면서
이 동네는 서울에서 가장 핫한 상권 중 하나가 되었습니다.
사람들이 많아지면서 동네는 핫해졌지만
부작용이 생겨났죠.
월세가 두 배 세 배 가파르게 오르고
오랫동안 동네를 지키던 작은 가게들이
하나둘 자신의 결정이 아닌
어쩔 수 없는(?) 사정으로 떠나갔습니다.
보라요정 님도 선택을 해야 하는 순간이 왔습니다.
법으로 보호받을 수 있는 5년의 시간이 지나서
이제는 보호 장치가 없기 때문에 가게를 그만두고
새로운 곳을 찾아 떠나야 할지 계속 이곳에 남을지….
나중에 알게 된 것이지만
그때가 이 동네의 가장 정점의 순간이어서
꽤 큰 금액의 권리금을 주고

들어오려는 사람이 있었습니다.

보라요정 님도 거의 가게를 빼기로 마음먹었어요.

마음의 결정을 하고 커피를 마시며 얘기를 하고 있는데

펑펑 우는 거예요.

저는 그냥 좀 서운해서 그런 줄 알았는데

그 정도가 아니더라고요.

보라요정 님은 이 가게를, 골목을 떠나고 싶지 않았지만

그냥 있기에는 불확실한 장기계약을 하거나

보호받지 못할 짧은 계약을 해야 하니

어쩔 수 없이 가게를 빼기로 했던 것이었습니다.

원하지 않은 선택이니 마음이 너무 아팠나 봅니다.

우리는 카페에서 나와 이 골목으로 다시 와서

벚나무가 서 있는 작은 벤치에 나란히 앉아

또 커피를 마시며 많은 이야기를 했어요.

초여름의 시원한 바람이 골목을 스치듯 지나갔고

가게 위 정독도서관에서 영화 행사로

우리가 좋아하는 영화의 주제곡이 흘러나왔습니다.

그날, 보라요정 님은

본인의 마음이 가는 곳으로 결정했어요.

지금 보장된 돈보다 그동안 자신의 손으로 가꾼 시간과

불확실하지만 마음껏 해보고 관두는 미래를

택했습니다.

무엇으로

무엇으로

무엇으로

무엇으로

무엇으로

무엇으로

무엇으로

우리는 40번의 계절을 택했습니다 2 :
우리는 더 단단해질 거예요

지난한 과정을 거쳐
보라요정 님은 다시 5년의 장기계약을 했습니다.
월세는 계속 올라가지만 원한다면
5년은 유지할 수 있는 계약이었습니다.

아무것도 없던 뒷골목에
앞집에 허락을 구한 후 벽돌을 쌓아
화단을 만들어 꽃을 심었고
가게 쪽 담벼락에는 담쟁이를 심었습니다.
이 담쟁이를 예쁘게 키우기 위해서
보라요정 님은 디자인하듯이 모양을 잡아나갔어요.
전체를 다 뒤덮으면 예쁘지 않으니
어떤 줄기는 테이프로 고정해서 모양을 잡고
어떤 줄기는 잘라내서 다듬었습니다.
골목 안에 숨을 불어넣는 방법은 여러 가지가 있는데
보라요정 님은 식물을 기르고 귀여운 물건들을 놓아
숨을 불어넣었습니다.
모든 것이 시간에 비례하듯이

정성이 쌓인 만큼 뒷골목의 담쟁이도,

작은 화단의 꽃들도 예쁘게 자라났습니다.

이 골목, 이 자리에서

우리도 정말 좋아했던 드라마인

〈또 오해영〉의 유명한 키스신이 촬영되었죠.

물론 장사를 위해서 한 일입니다.

하지만 꼭 돈을 위해서만 한 일은 아니었어요.

가게를 해본 사람은 알 수 있을 겁니다.

아니 무언가를 소중히 가꾸고 숨을 불어넣어 본 사람들은

이해할 수 있을 거예요.

살아 있지 않은 것도

사람이 정성과 시간을 쏟으면 살아나곤 합니다.

앞 골목에는 인조지만 벚나무가,

뒷골목에는 푸른 담쟁이가

10년의 시간을 머금고 자리 잡았습니다.

10년이 지나 가게를 정리하는 날.

(누군가에게 가게를 넘기고 나갔다면)

살릴 수 있었던 것들이 많았지만

그냥 나가게 된 터라 말을 더하지 않았습니다.

뒷골목의 그 아름다운 담쟁이도

이파리 하나 남기지 말고

떼어내라 해서 다 떼어냈습니다.

아름다운 것이 무언지 모르는,
차곡차곡 쌓인 시간의 소중함을 모르는
사람에게 그것은
전 세입자가 남긴 지저분한 쓰레기로
보였을지도 모릅니다.
사실 남겨봐야 소용없을지도 모른다 생각했습니다.
매일 관리해 주지 않으면
금방 색을 잃고 죽어버릴 테니까요.

10년 동안 하루도 거르지 않고
잎이 타들어 가지 않을까, 상하지는 않을까
잎 하나하나 이리 옮기고 저리 옮기며
애지중지 물 주고 가꾼 아이들을 파내고 떼어내는
보라요정 님의 마음이 어떨지
저는 그저 손톱만큼 짐작할 뿐입니다.
눈물이 그렁그렁한 보라요정 님에게,
그냥 당신의 봄이었던 아이들은 마음에 다 담으라고,
그것이 애정도 없고 관리도 못 하는 사람 손에서
다 죽어버리는 것보다는 낫다고,
그게 당신이 다 가져가는 거라 말해주었습니다.
40번의 계절 동안 잘 자라준,
보라요정 님의 가게를 감싸주었던,
어떤 사람보다 나은 그 식물들,

담쟁이 잎들에 우리는 그저 고마운 마음입니다.

그날 오전 보라요정 님의 10년 가게를 정리하고

(잘 마무리했으면 좋았을 텐데 그러지 못해)

마음의 상처를 받은 우리는 무엇을 했을까요?

며칠 동안 몇백 킬로를 다니며

맛있는 것을 먹고 커피를 마시며

서로를 위로했습니다.

3만 3,000원짜리 비싼(?) 히츠마부시도 먹고
좋아하는 카페를 연이어 들러
"그렇지! 우리가 이 정도는 먹을 자격이 있지"라는
키득키득 농담에,
"수고했다", "잘했다", 토닥이며
하루 종일 재잘거렸습니다.
강가를 걷다 나무 아래서 쉬고
그러다 또 카페에 가서 커피를 마시고
어느 동네, 어느 하늘 아래를 조용히 걸었습니다.
생의 절반 이상을 같이했지만
아직도 커피 한 잔 시켜놓고
하루 종일 이야기할 수 있다는 것은 축복입니다.
세상사에 치여 모나게 깎여나가고 딱딱하게 굳어
한순간에 바스러지지 않으려 합니다.
가지고 있는 것이 모두 날아간다면
더 가벼워진 발걸음으로
더 멀리까지 산책하며 위로하고
그다음을 이야기할 겁니다.
보라요정 님은 그날 저녁, 제게 이런 말을 했습니다.

"여기서 원 없이 했다.
이제 미련도 후회도 아무것도 없을 것 같아."

우리의 삶은
오로지 우리만이 파괴할 권리가 있고
우리가 선택할 것이며
누구에게도, 무엇으로부터도
흔들리지 않으려고 합니다.

우리는 더 단단해질 거예요.

"우리는 더 단단해질 거예요."

분노가
힘이 되는 과정

고3 시절

저는 인문계 고등학교를 다니고 있었고

미대에 가기 위해 예체능으로 분류가 됐었죠.

당시 우리 반에는 음대를 지원하는 친구와

저처럼 미술 쪽을 지원하는 친구들이 몇 있었습니다.

저희 반에서 예체능을 지원하는 사람들은

일종의 찬밥(?) 신세였는데

반의 평균 점수를 좀먹는

그런 존재들로 취급되었습니다.

당시 우리 반의 담임은

노골적으로 예체능을 싫어해서

항상 무시하고 사람 취급을 하지 않았습니다.

저야 뭐 그런 것에 별 관심이 없어서

어떤 취급을 받든지 상관없었습니다.

입시가 다가오면서

이제 정말 원서를 써야 하는 때가 되었을 즈음,

담임과 부모님이 상담해야 했습니다.

어차피 예체능에 대해서는 그다지
신경을 쓰지 않았기 때문에
그냥 학원에서 상담받은 것으로
원서를 써주면 될 텐데
꼭 부모님을 모시고 오라 해서
결국 어머님이 상담받으러
아침 일찍 학교에 오셨습니다.

어머니는 공장에 다니셨기 때문에
오전에 일찍 와서 상담받고
오후가 되기 전에 일을 하러 가실 요량이었죠.
저의 어머니가 제일 먼저 상담을 왔는데
담임은 예체능이니 기다리라고 하더라고요.
잠깐 기다리면 될 줄 알았는데,
오전 내내 기다리게 하고
결국 오후가 되어서야
상담받으러 들어갈 수 있었습니다.
그때쯤 슬금슬금 분노가 일고 있었는데
저의 어머니가 교무실에 들어가 인사하자마자
담임의 첫마디가
"쟤는 그냥 알아서 가라고 하세요"였습니다.
그 말을 들은 어머니는 당황해하시며
"아이고 선생님, 그래도 선생님이 말씀을 해주셔야죠"라고 연신 허리를 굽히며 죄송해하셨습니다.

상담이라고 할 것도 없는 10분도 안 되는 시간에

"예체능은 그냥 가면 된다",

"성적도 그리 좋지 않으니 알아서 해라"

따위의 말을 듣고 어머니와 전

교무실에서 나왔습니다.

어머니는 이미 너무 늦어버린 터라

급하게 일을 하러 가셔야 해서

별말씀 없이 전철역으로 가셨습니다.

황급하게 걸어가는 어머니의 뒷모습을 보면서

가슴 안에 불덩어리가 들어앉은 듯한 느낌이 들었습니다.

'이럴 거면 왜 어머니를 모시고 오라고 한 거지?'

분노가 일어서 손이 파르르 떨렸습니다.

고3의 정규 수업은 거의 다 끝났을 즈음이라

그때부터 학교에 가서 출석 체크만 하고

학원으로 갔습니다.

수능을 보고 나서는 아예 가지 않았고요.

담임의 얼굴을 보면

정말 무슨 짓을 할 것 같은 기분이었어요.

원서를 쓰는 날만 딱 마주했습니다.

담임은 제가 가져간 원서를 보고

'네가 여길?'이란
표정으로 저를 보더라고요.

학교는 졸업식날 갔습니다.
마지막 날에도 담임은 예체능 아이들에게
상처 주는 말을 했습니다.
아무도 대학 못 갔다고….
저도 연락을 하지 않았기 때문에
당연히 떨어진 줄 알고 얘기하더라고요.
손을 들었습니다.

"왜?"
"저 붙었는데요…."

잠시 정적이 흘렀습니다.

"야, 합격했는데 왜 학교에 전화 안 했어?"
"그냥요."

그게 마지막이었습니다.

어떤 감정은 힘이 됩니다.
그때의 분노는 제게 힘이 되었습니다.

제 점수와 실력으로는 꿈꾸지 못할
학교에 들어갈 수 있었던 것은
제게 비어 있던 마지막 절반을
그때의 분노가 채워줬기 때문입니다.
실기 시험까지 남은 시간 동안
하루 종일 학원에서 미친 듯이 그림을 그려서
모자라는 점수를 채웠던 동력도
그때의 분노였습니다.

잡아먹히지 않으면
슬픔도,
고통도,
질투도,
분노도,
살아내는
힘이 됩니다.

잡아먹히지 말아요,
우리.

추신 그 시절,
; 학원 건물 1층에는 편의점이 있었는데
새벽에 그 편의점에서 사 먹던
분노의 단팥빵 맛은
아직도 잊히지 않습니다.
딸기우유도.

어떤 칭찬은 인생을 가로질러
끝까지 함께 갑니다

별로였던 선생님 이야기를 했으니
이번에는 좋은 선생님 이야기를 합니다.

저는 텐션이 낮은 아이였습니다.
처음부터 그런 것은 아니었어요.
초등학교 때는 작은 키에도 불구하고
제가 주도해서 노는 일들이 참 많았습니다.
제 텐션이 낮아진 것은
고학년으로 올라가면서
몸이 아프기 시작한 후입니다.
사실 저를 개인적으로 아는 분 중에
이 얘기를 안 믿는 분도 계실 거예요.

"막 사람들 모아놓고 공연도 하던 네가?"
"웃통 벗어젖히고 머리 뱅뱅 돌리던 네가?"

네, 그런 모습의 저도 있지만
(그때는 치료한다고 스테로이드를 강하게 쓰고 있어서 가능한 시절 ㅜ_ㅜ)

저는 전반적으로 낮은 텐션의,

사람이 많은 곳은 잘 적응하지 못하는

그런 사람입니다.

오르락내리락거리는 저의 텐션의 키는

몸 상태가 좋으냐 나쁘냐로 결정되었으니까요.

초등학교 고학년부터

슬금슬금 안 좋아지던 건강은

해를 거듭할수록 나빠졌습니다.

텐션 낮은 아이라 적은 이유가 그것인데

중학교에 올라가고

유령처럼 지내는 아이로 발전하기 딱 직전이었어요.

그때 좋은 선생님을 만났습니다.

제가 글씨 쓰는 것을 보고

"헌재, 너 글씨 진짜 잘 쓰는구나"라고 말씀하시고

엄청 칭찬을 하시는 거예요.

그 후에 학급에서 사용되는 거의 모든 것에 글씨는

제가 쓰게 해주셨습니다.

뒤 칠판을 꾸미는 것도 제가 했고요.

남자들만 다니는 학교라 하고 싶어 하는 애도 없었고

저는 뭘 쓰거나 그리는 것을 좋아하니

당연히 싫지 않았습니다.

제가 쓰는 글씨가 뭐 대단한 건가 생각했어요.

하지만 선생님은 때마다 칭찬을 해주시고
"너는 글도 잘 쓰니 나중에 이런 일 하면 되겠다"라고
얘기해 주셨습니다.
그때까지 어느 선생님도
제게 그런 칭찬을 해주신 분은 없었습니다.
그해 받은 칭찬은 제가 학교 다니면서 받았던
모든 칭찬보다 컸을 거예요.
선생님의 칭찬은
저 아래로 가라앉을 뻔한 아이를
끌어올려 주었습니다.

거의 20여 년이 지나고 선생님께 연락이 왔습니다.
인터넷으로 찾아볼 수 있는 시대가 되었으니까요.
우연히 선생님이 제 책을 보셨고
이름을 보니 예전 제자 아닌가 싶었나 봐요.
선생님이 가르친 아이들의 수가 셀 수 없을 텐데
그래도 기억해 주시고 연락을 주셔서
마음이 말랑말랑해졌습니다.
선생님이 지금 계신 중학교에서 독서캠프를 하는데
한번 와서 애들하고 얘기도 하고
놀아주면 좋을 것 같다고 하셨습니다.
아이들의 밝은 표정을 보니
선생님은 지금도

좋은 선생님이라는 것을 알 수 있었습니다.

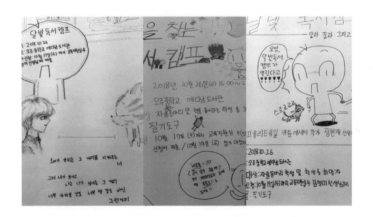

며칠 뒤에 선생님과 만나
제가 좋아하는 연남동 단골 식당과 카페에서
식사도 하고 커피도 사드렸습니다.

"너는 어떻게 이런 데도 잘 아니? 진짜 맛있다 야."

선생님의 칭찬 화법은 몇십 년이 지나도 그대로였습니다.
연남동의 카페에서
어쩌면 바닷속 깊은 곳으로 가라앉았을
열다섯 살의 아이가 살아남아서
그때의 선생님과 커피를 마십니다.

경의숲길로 해서 가는중

선생님 오늘 너무 멀리 와주셔서 감사해요. 커피도 식사도 마음에 들어 하셔서 너무 다 행이었습니다. 선생님 고맙습니다.

복도에 게시했더니 캠프 신청자가 많아서 벌써 마감되었어.

옛날에 헌재도 이런거 만들어서 교실에 부 쳤는데 기억안나지.

헌재야. 너무 좋은시간. 이렇게 너는 또 감 동을 주는구나. 땡큐. 엄청 기쁜마음으로 집가는중.

어떤 칭찬은

인생을 가로질러 끝까지 함께 갑니다.

정 헌 재

초등학교 졸업앨범
(사실은 국민학교 졸업생)

중학교 때 증명사진

(이때 받은 칭찬이 지금까지 갈 줄 나도 몰랐죠.)

아버지는
귀여운 사람이 아니었다

사실 아버지에 대한 기억은 이제 많이 남아 있지 않습니다.
애당초 아주 어릴 적 기억과 아주 늦은 후 기억뿐이니까요.

아버지의 묘 이장이 있었습니다.
선산에서 봉안당에 모시기로 했어요.

봉안당에 넣어놓는 미니어처가 있습니다.
저는 귀여워서 넣어놓고 싶었는데
어머니는 별로라 생각하지 않을까 고민되어 여쭤봤더니
의외로 마음에 들어 하셔서 (앗! 엄마도 귀여움파였나!!)
보라요정 님이랑 이것저것 조합해서 구입했습니다.
봉안당에 많이들 넣어놓는
일반 제사상은 재미가(?) 없고
생전의 아버지가 좋아하셨을 법한
구성으로 주문해 만들었습니다.
아버지의 마지막 즈음 저녁 식사는
늘 아무것도 곁들이지 않은 두부였습니다.

(두부 모형만은 팔지 않았어!)

운동을 마치고 돌아오는 길에
두부를 사 와서 저녁으로 드시곤 했어요.

저는 아버지에 대한 기억이 별로 없습니다.
그것마저 대부분 유쾌하지 않은 기억들인데,
제가 점점 아버지의 나이에 다가갈수록
유쾌하지 않은 기억이 자동으로 날아가고
기분 좋은 기억들만 남고 있어요.

예전에 어머니가 아버지가 군대에서 만든 수양록을

(지금도 그런 거 하나 모르겠습니다.

아무튼 군대에서 일기도 적고 꿈도 적고 욕도… 아니아니)

보여주신 적이 있었는데 깜짝 놀랐습니다.

수양록 안에는 그림이랑 시가 온통 가득했거든요.

그런데 와, 그림 잘 그려!

글도 잘 쓰셔!!!

저는 무슨 책을 보는 줄 알았습니다.

(뭐 군대 가면 다들 문학소년, 꿈동산 청년들이 되곤 하지만.)

'뭐야, 아빠 그림도 잘 그리시네.'

알고 보니 제가 그동안 그림 그리며

먹고살 수 있었던 것은

그 시작이 아버지였다는 거대한 비밀이 밝혀지….

(아앗 그건 아니지!!)

제가 모르는 아버지의 20대 젊은 날은

매우 귀여운 면이 있었습니다.

어느 날 저녁, 운동을 마치고 돌아온 아버지의 손에는

언제나처럼 두부가 들려 있었습니다.

당시 아버지와의 관계가 매우 불편해지고 있던 상황에서

핀잔을 주려고 전 이렇게 말했습니다.

"그거 뭐 맛있다고 맨날 사 와요?"

아버지의 식사가 그리된 것은
당뇨와 다른 합병증 때문임을 알면서도
저는 고약한 질문을 한 것이었죠.

아버지는 답을 하지 않고
식사를 다 하신 후 밖에 나가서
담배를 한 대 태우셨습니다.
매일 태우시는 것도 아니고 일주일에 하나, 둘….
건강을 위해서 저런 식사를 하고는
건강을 해치는 담배를 태우는 이 모순된 행동이
아버지의 대답 같았습니다.

"야! 네가 이 맛을 아냐? ㅋㅋ"

이렇게 말이죠.

아버지는 쓰러지시고 난 후
몸의 절반이 마비되어 말도 잘 못 하시고
잡아주지 않으면 걷기도 힘든 상태가 되었습니다.
병원에서는 남은 생을 누워만 있을 거라고 했었는데
집에 돌아오시고 난 후 돌아가시기 전까지

매일 올림픽공원에 나가 운동을 하셨고

그 강도와 시간이 점점 늘더니

마지막에는 조금 과장해서 아무 일도 없었던 사람처럼

걷고 말할 수 있었습니다.

그리고 운전도 다시 하실 수 있게 되었습니다.

어쩌면

제가 그림 그리는 일도, 노래를 부르는 일도

웬만해서는 그만두지 않고 계속하는 것도

아버지의 그것으로부터 받은 것일지도 모르겠어요.

아니 그런 것 같습니다.

저도 매일
아프거든요

나의 36년, 로건의 190년

(영화 스포일러가 있습니다.)

제게 〈엑스맨〉은 단순한 히어로 영화를 넘어
조금 특별한 영화입니다.
볼 때마다 저릿저릿한 캐릭터가 있기 때문입니다.
혹시 〈엑스맨〉의 울버린(로건)을
모르는 분이 계실지 몰라 간단하게 설명하면
손에서 칼날이 나오는 돌연변이 히어로인데
치유 능력이 있고 거의 늙지 않는,
그래서 190년 이상을 살고 있는 캐릭터입니다.

첫 번째 〈엑스맨〉 영화는 2000년에 나왔지만
저는 그해 밖에 나갈 수가 없어서 극장에서 보지 못했습니다.
(그때가 제일 건강이 안 좋았던 때였어요.)
그 후로 조금씩 몸이 나아져서 극장에 갈 수 있었고
엑스맨 시리즈가 개봉할 때마다 빠짐없이 보았습니다.
어떤 편은 아주 좋았고 어떤 편은 별로였습니다.

편수를 거듭할수록 시간과 이야기가 층층이 쌓이고
제 시간도 쌓여갔죠.
엑스맨 시리즈의 인기 캐릭터인
울버린의 마지막 편이 개봉했습니다.
바로 영화 〈로건〉.

영화가 시작되고 로건이 보입니다.
얼굴에 깊은 주름, 낫지 않는 상처들, 덜덜덜 떨리는 손.
다리를 절고, 건달들한테 얻어터지는 울버린,
로건이 있습니다.
영원히 살 것 같은 울버린이,
어떤 상처도 바로 회복되는 최강의 초재생 능력을 갖춘
그 울버린이 말입니다.
지구 뮤턴트 중 거의 최강이라 생각하던 찰스는
치매에 걸려 발작 한번 하면 정신이 나가
수많은 사람을 죽일 수 있는 상태입니다.
첫 시작부터 이제 긴 여정의 끝이 왔음을 보여줍니다.
사람을 쳐다보기만 해도, 생각만으로도
모든 것을 조종할 수 있는 찰스도 죽을 것이고
몸의 살점이 다 뜯겨나가도 바로바로 재생하는,
늙지도 않는 불사신 같던 로건도 죽으리라는 것을
천천히 보여줍니다.
그리고 자신과 똑같아 보이는

또 다른 돌연변이 로라를 만납니다.

지구 최강으로 꼽히는 이 두 사람의
돌연변이들이 마침표를 찍기 전에
찰스가 로건의 아버지가 되고
로건은 로라의 아버지가 됩니다.

왜 로건이었냐면 수많은 슈퍼히어로물을 보면서
제가 가장 가지고 싶던 능력이
상처가 치유되는 능력이었거든요.
영원히 죽지 않는, 늙지 않는 그런 거 말고
그저 상처가 바로바로 치유되는 것이요.
저는 매우 중증의 아토피를 앓았고
지금도 앓고 있어서 상처가 잘 낫지 않습니다.
그뿐만 아니라 매일매일 상처가 새로 생깁니다.
살이 접히는 부분은 찢어졌다가
아물고 다시 찢어지는 일이 반복됩니다.

로건의 손에서 살을 헤집고
번뜩이는 칼날이 나오는 것을 보고
로그가 물어보는 장면이 있습니다.
칼날이 살을 뚫고 나올 때마다 아프냐고.
로건은 '항상'이라고 대답합니다.

저는 그 장면을 볼 때마다
아직도 마음이 출렁댑니다.

저도 매일 아프거든요,
항상.

제 병의 시작이 87년이었으니 이제 36년이 지났습니다.
총을 맞아도 총알을 밀어낼 정도의 치유 능력을 갖춘 로건도
나이가 들어서 상처가 잘 낫지 않게 된 것처럼
저도 이제 나이를 먹어
젊을 때보다 더 상처가 낫지 않습니다.
다행히 가장 안 좋았던 시절보다는 나으니
그걸로 갈음할 수 있어요.
그래서 그랬나 봅니다.
로건의 마지막을 보면서,
로라가 거친 숨을 몰아쉬며 죽어가는
로건의 손을 잡았을 때
울음을 터뜨리는 로건을 보면서 저도 펑펑 울었습니다.
아주 오래전 창조된 만화 캐릭터이고
할리우드 프랜차이즈 영화 속의 캐릭터일 뿐이지만
어두운 영화관의 커다란 스크린을 뚫고
로건의 고통과 아픔이 고스란히 전이되는 것 같아
펑펑 울었습니다.

3월의 심야 극장에서 본 〈로건〉은

제게는 매우 슬픈 영화였고 감정적으로 힘든 영화였습니다.

하지만 영화관을 나섰을 때

새벽녘 푸르스름한 빛은 창백하지 않았고

아직 차가운 3월의 공기는 오히려 시원하게 느껴졌습니다.

깊은 슬픔은 때때로 괜찮은 치유로 돌아옵니다.

팔에 그어진 상처는 바로 아물지 않았지만

마음 안에 그어진 붉은 상처 하나가 닫히는 느낌이었습니다.

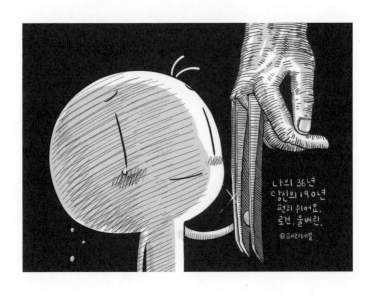

자판기 커피와
크래커

커피를 마시며 살아남기(?) 시작한 이후
유명하다는 카페는 꼭 가보고
맛있다는 빵집도 많이 다녔습니다.
아주 비싼 디저트, 수제로 만든다는 무슨 무슨 집,
제주며 강릉이며 많이도 다녔죠.
그중에서 가장 맛있었던 것을 꼽으라고 하면
생각나는 커피가 있습니다.

1997년의 저는
커피를 거의 마시지 않았습니다.
주로 차나 우유를 마셨습니다.
미술학원에서 입시생을 가르칠 때 같이 학원에 계셨던
선생님들은 대부분 커피를 입에 달고 사셨어요.
(담배도…. -0-)

지금처럼 커피 머신이 흔하거나
드립커피를 마시던 시절은 아니어서
학원 건물 계단에 있는 자판기에서 뽑아 먹거나
인스턴트커피를 타 마셨죠.
저는 그때도 율무차나 코코아 같은 것을 먹었습니다.
(인생 정말 몰라요.
저도 제가 이렇게 커피 귀신이 될지 몰랐습니다.)
그날 수업이 끝나고 왁자지껄하게

소묘 실기실을 청소하던 아이들 사이로
한 친구가 제게 작은 쪽지를 주었습니다.
얼마 전 학원에 들어온 친구였는데
나이로는 스물한 살이었지만
입시 8개월을 앞두고
미술을 처음 시작하는 친구였어요.
쪽지를 펴보니 이렇게 쓰여 있었습니다.

'커피랑 과자 구성실에 있어요.'

(그 당시 학원에서는 디자인을
'구성'이라고 불렀습니다.)

아이들이 모두 간 뒤에 구성실에 들어가 보니
책상 위에 자판기 커피와
크래커 한 봉지가 놓여 있었습니다.

'나 커피 안 먹는데…'

반쯤 불이 꺼진 실기실에 앉아
커피랑 크래커를 먹었습니다.
그런데
크래커랑 같이 먹어서 그런가?

눈이 동그래질 정도로 커피가 맛있었습니다.

'뭐지? 과자가 맛있는 건가?
아니 커피인가? 커피 좋아하지 않는데….'

뽀작뽀작
어느새 커피 한 잔과 과자 한 봉지를 다 먹었습니다.

커피를 본격적으로 마시기 시작한 것은
2010년부터였습니다.
보라요정 님과 거의 매일 카페에 갔어요.
저녁이면 카페에서 커피 마시며 얘기하는 게
하루의 마지막 코스가 되었습니다.
커피에 대해서도 조금씩 알게 되었고
우리가 좋아하는 커피가 어떤 건지도
하나하나 알아갔습니다.
커피와 맛있는 디저트를 먹기 위해
몇 시간을 운전하고 가기도 했어요.
코로나가 터지기 전까지 저희의 일상은
늘 카페 그리고 커피와 함께였습니다.
우리는 커피도 좋아했지만
새로운 공간에 가서 이야기하는 것이 좋았어요.
코로나 이후 2년간 저희는

카페에 거의 가지 못했습니다.
하루에 한 번씩 카페에 가던 그 루틴이
갑자기 중단된 것이죠.
제가 면역력이 약한 탓에
더 조심할 수밖에 없었습니다.
그나마 야외에 갈 수 있는 계절에는
가끔이라도 갔었는데
코로나가 점점 심해지고 난 뒤에는
정말 못 나가게 되었어요.
대신 원두를 사서 집에서 매일 내려 먹게 되었죠.

코로나가 한창이던 시절 보라요정 님이 말했어요.

"아 ○○○ 도넛 먹고 싶다."
"그래? 그럼 내가 사 올게."

저는 쫄래쫄래 차를 타고 나가서
저희가 자주 가던 카페 디저트를 사 왔습니다.
집에 돌아와서 커피를 내렸습니다.
코로나 때문에 나갈 수 없던 우리는
정말 오랜만에 '외부의 달달한 맛'을 보았습니다.

"맛있다! 오빠는 혹시 뭐 먹고 싶은 거,

생각나는 거 없어?"

"음…. 엄청 많지. 자기랑 정말 많이 다녔는데…."

맛있는 것을 몇 개만 꼽으라고 하면

그때그때 달라져서 딱 꼽을 수가 없어요.

제주에 처음 갔을 때 카페에서 먹었던

커피와 진한 녹차 케이크도 생각나고

오랑이를 만나던 날, 양평의 카페에서 먹었던

커피와 피칸 파이도 떠오릅니다.

깡통 휘핑크림 말고 손으로 친 쫀쫀한 휘핑크림이 올라간

비엔나 커피도….

너무너무 많아요.

그런데 그럴 때마다 꼭 같이 떠오르는 게

아주 오래전 커피를 잘 마시지 않던 시절의

그 자판기 커피와 크래커입니다.

어떤 기억은 참 대단해요.

그때의 공기,

그때의 분위기,

그때의 맛이 아직도 생각납니다.

커피를 거의 마시지 않던,

커피 맛을 제일 몰랐던 시절에

마신 커피와 과자 하나가

이렇게 오래 기억에 남을 줄 몰랐습니다.

"뭐 생각났어?"

보라요정 님의 말에 저는 그냥 씽긋 웃고 말았습니다.

추신 1997년
; 제가 입시생을 가르치던 미술학원에
스물한 살의 보라요정 님이
미술을 처음 시작하러 왔습니다.

눈은 흐려졌지만
마음은 또렷해졌던 날

그날은 유난히 눈앞이 뿌옇게 흐렸습니다.

'황사인가? 컨디션이 좀 안 좋나?'

보라요정 님이 일하는 삼청동에 가려고 룰루랄라 나왔는데
한낮의 쨍한 햇볕 아래 세상이 뿌옇게 보이는 거예요.
어제와는 확연히 다르게 말입니다.

그동안 눈에 염증이 생겨서 뿌옇게 보이던 것과는
상태가 달랐습니다.
갑자기 불안해졌어요.
아토피로 인해 생기는 합병증이 매우 많아요.
그중 하나가 눈에 관한 것이거든요.
워낙 자주 건드리다 보니 상처와 염증이 심해지고
스테로이드로 인한 부작용이 겹치면
녹내장이 오고 심하면 망막박리가 되는 경우도 있습니다.

병원에 갔습니다.

"백내장이네요."

백내장의 여러 원인 중 제 경우는
스테로이드 부작용이었습니다.

'아. 스테로이드 끊은 지 10년도 넘었는데….'

네.
10년이 넘어서도 이렇게 부작용이 나타납니다.
(이 부분은 혹시 오해가 있을 수 있어서 이야기하는데
모든 스테로이드의 사용이 나쁜 것이 아닙니다.
제 경우도 의사 선생님과 상의하고 필요할 때는 사용합니다.)

세상이 뿌옇게 보이는 경험은

당연하게도 유쾌하지 않습니다.

제 경우는 한순간에 뿌옇게 변했는데

그때가 2012년, 하필이면 봄의 시작이었습니다.

봄이 되면 정독도서관의 벚나무에서

아래 골목으로 벚꽃들이 비처럼 내리거든요.

그게 뿌옇게 보이니 마음이 더 유리처럼 되더라고요.

한동안 천천히 세상이 뿌옇게 보이는 경험을 했습니다.

보라요정 님에게도 식구들에게도

괜찮다고 말은 했지만,

마음은 이미 살짝 금이 간 상태였어요.

건드리면 파사삭 부서질 것 같았습니다.

다른 건 모르겠는데

그림 못 그릴까 봐 너무 걱정되었습니다.

요즘은 백내장 수술이 매우 흔해졌고

(실비보험의 영향인지, 단순 노화로 인한 백내장도 많이 수술하는 편이라)

간단하지만 제게는 문제가 조금 달랐습니다.

이미 아토피 부작용으로 안압도 높은 상태인 데다

수술 후 예후가 안 좋을 확률이 높았기 때문이었죠.

(제 의지와 상관없이 자꾸 손을 대니.)

일단 선생님과 상의 후 정기적인 검사를 받으며

수술은 미룰 수 있을 때까지 미루기로 했습니다.

기술도 좋아졌고 새로운 렌즈가 많이 나왔다고는 하지만

그림 그리는 일이 전부인 제게는

매우 부담이 큰 게 사실이었습니다.

불안하고 상심이 컸어요.

진단 후 수술을 받기까지 꽤 오랜 시간

잘 유지하는 사람도 있는데

제 경우는 급속히 나빠져서

결국 빨리 수술받을 수밖에 없었습니다.

봄이 시작되는 3월에 진단받고

꽃잎이 한창 떨어지는 5월에 수술받았습니다.

그래도 눈이 제 밥벌이에 가장 중요한 거라고

무려 이백몇십만 원 하는 다초점 렌즈를 넣었습니다.

수술은 잘 끝났습니다.

수술 후에 염증이 잡히지 않고

비문증(눈앞에 작은 점들이 보이는 증상)도

갑자기 심해져서 위기가 있었지만 잘 넘어갔습니다.

수술을 마치고 돌아오는 길에

눈물이 많은 보라요정 님은 울었습니다.

우리는 바로 집에 가지 않고

남아 있지 않은 벚꽃을 보러 갔어요.

커피를 사 들고 벤치에 앉아서

이런저런 얘기를 하는데

보라요정 님의 얘기에

제가 빵 터졌습니다.

"맨날 렌즈 렌즈 하더니
오빠가 산 렌즈 중에 제일 비싼 거네!"
"맞네. 제일 비싸네."

생각해 보니 그동안 제가 산 많은 렌즈 중에
제일 비싼 것이더라고요.

"벚꽃 다 졌다."
"내년에 더 예쁜 거 보자."

봄의 어떤 밤은
너무 선명해서
낮보다 더 눈부실 때가 있습니다.
벚꽃이 다 떨어진 봄밤의 끝자락에
울어서 눈이 통통 부은 한 사람과
안대를 껴서 반밖에 못 보는 사람,
그래서 눈이 부시지 않은 두 사람이
킥킥대며 농담을 하고 있었습니다.

추신
:
지금은 나머지 한쪽 눈도 수술해서
양쪽 눈 모두 해서 무려 500에 가까운 렌즈를 심고
그 후에 다시 한번 또 수술을 해서 무려 1,000만 원이 넘는….
아아아… 내 카메라에도 못 달아본 어마어마한 렌즈가!!

무엇으로

어디서
많이 본 듯한
흰둥이,
보라요정,
오랑이

키워운 거

그래서

20년 살아

남았습니다

02

어떻게

인생을 커피처럼 마시는 태도에 관하여

책
어떻게 팔 거예요?

그 말은 예의 없는 말이었지만
틀린 말은 아니었습니다.

2002년 초,
저는 친구의 도움으로 홈페이지를 만들었고
출판사에 보냈던 원고를 고치고 그림을 그려
홈페이지에 올리기 시작했습니다.
(앞글에 얘기한 것처럼 2년 동안 계속 퇴짜를 맞았던 그 원고.)
물론 처음 원고와는 달라졌지만
그래도 시작은 거절당한 원고들이었습니다.
마침 인터넷 붐으로 개인 홈페이지 붐이 시작되었고
소위 '퍼가요'가 유행하면서
여기저기 그림이 퍼지게 되었습니다.
소문이 나고 홈페이지에 사람들이 들어오기 시작했고
매일 제 홈페이지에 그림과 글을 서너 개씩 올렸습니다.

그해 여름 즈음, 처음으로 출판사에서 연락이 왔습니다.
첫 번째 연락이었습니다. 그것도 꽤 큰 출판사에서!

2년 동안 거절만 당하다

처음으로 거절이 아닌 제안을 받은 것이라

가슴이 쿵쾅쿵쾅 뛰었습니다.

드디어 약속 날짜가 되었고 출판사에서 만났습니다.

담당자분과 여러 가지 이야기를 나누었는데

바로 책을 내지 말고 잡지에 연재하는 형식으로

먼저 알려 나가는 것이 맞을 것 같다고 얘기해 주셨습니다.

저는 원고가 충분히 쌓였으니(2년을 써왔으니)

바로 책을 냈으면 한다고 조심스럽게 얘기했습니다.

담당자분은 제 얘기를 듣고 잠시 생각을 하시더니

이렇게 말씀하셨습니다.

"작가님, 책 어떻게 파실 건데요?

아무도 작가님 몰라요."

저는 그 얘기에 조금 당황했습니다.

"그렇긴 하죠…."

그렇게 얘기를 마무리하며 더 생각해 보기로 했습니다.

돌아오는 버스 안에서

차창으로 쏟아지는 오후의 햇살을 맞으며

여러 가지 생각을 했습니다.

'나는 뭐로 책을 팔지?'

그 말을 들었을 때 묘한 감정이 들었지만,
기분이 나쁘지는 않았습니다.
아마도 그전에 이미 어마어마한
감정의 파도를 탔던 터라 그런 것 같기도 하고
얘기를 나누던 담당자님의 태도가
나쁘지 않아서 그런 것 같기도 했습니다.
글의 뉘앙스만 보면 기분 나쁘게 던진 말처럼 쓰였지만
(딱 저렇게 말씀하셨기 때문에 다른 말로 대체할 수 없으니)
미팅의 분위기 자체는 나쁘지 않았거든요.
첫 만남에서 조금은 예의가 없는 말이라 생각은 들었지만
그게 또 틀린 말은 아니었으니까요.

이것은 '좋은 선택을 했다 혹은 아니다'에 관한
글이 아닙니다.
첫 미팅 때 들었던 저 말은 지금까지 제게 남아 있습니다.
그 말이 상처가 되어서가 아니라
틀린 말이 아니었기 때문입니다.
어쩌면 가장 좋은 타이밍에
가장 적합한 말을 들었던 것 같아요.
만약 에두른 말을 들었더라면
오히려 금방 잊혔을지도 모릅니다.

처음 이 일을 시작했을 때부터

저의 가장 큰 목표는 오래도록 그리는 것이었습니다.

오래도록 그리려면 결국 제 그림을, 글을 팔아야 하거든요.

처음으로 제안받은 곳에서 들었던 저 말은

두고두고 제게 좋은 말이 되었습니다.

팔리지 않으면 아무리 좋은 이야기라도

계속할 수가 없으니까요.

새해 첫날이 되면 저는 새로운 작업 폴더를 만듭니다.

그러면 언제나 첫 미팅 때 들었던 저 말이 떠오릅니다.

프리랜서 작가는 매년 오르락내리락합니다.

잘되는 해와 잘되지 못하는 해가 나뉩니다.

제가 20년간 이 일을 해오고 있어서

이제 조금 그 출렁임을 아는 것 같습니다.

내가 잘된다고 우쭐댈 필요도 없고

지금 잘 안 된다고 끝없이 나를 추락시킬 필요도 없습니다.

저는 다정한 말을 좋아합니다.

저는 다정한 사람을 좋아합니다.

하지만 꼭 필요한 말이 있어요.

그 말은 다정하지 않게 느껴질 때도 있습니다.

다정해도 될 일과 다정하지 않아도 될 일을 구분하고

오로지 기분에 따라서만 움직이지 않으면

좋아하는 일을 오래 하면서 살아남을 수 있습니다.

그날

제 얼굴에 닿았던 오후의 햇살은

참 따뜻했습니다.

실수로부터
멀어지기

세 시간 작업한 원고를 날리고

밤새 그리고 날이 밝아올 때쯤
작업한 파일이 날아갔습니다.
꼬박 세 시간을 넘게 그린 그림인데…
있었다가 없어졌습니다.

20년을 그렸는데
아직도 종종 이런 실수를 합니다.
(혹은 제가 실수하지 않아도 불가항력으로 일어나는 일입니다.)
단순히 그림 하나가 날아가는 것 말고
매우 많은 분량의 작업물들이 사라져 버린 적도 있습니다.
예전에는 저런 실수를 하면
얼마 동안은 그림을 그리지 못했습니다.
화가 나고 억울하고 아까운 감정으로 멍해졌죠.
그 후로 백업에 백업하는 게 일과가 되어서
저런 일들은 현저히 줄어들었지만
그래도 종종 일어납니다.

작업한 파일이 날아가는 것만큼

제 멘탈을 바사삭 만들던 일은

작업하는 컴퓨터와

그림 그리는 기기(태블릿)의 고장입니다.

저의 밥벌이 기계 친구들은

제가 깨어 있는 내내 같이 깨어 있는 터라

그만큼 혹사당해서인지

종종 어제까지 멀쩡히 인사하던 녀석이

오늘 아무리 불러도 대답하지 않는 경우가 있습니다.

그런 일을 처음 겪었을 때의 그 난감함.

특히 급한 마감이 있을 때 컴퓨터가 고장 나면

잠이 오지 않을 정도로 스트레스를 받았었죠.

"어쩔 수 없는 일들이 있다는 것."

귀여운 것을 20년쯤 그리면,

몇 시간 그린 그림을 날린 다음

이런(121쪽 같은) 그림을 그리게 됩니다.

날아간 그림은 돌아오지 않아요.

내가 실수했든

기계의 오류든

억울한 감정을 부여잡고 있으면

정말로 그 몇 시간이 날아갑니다.

며칠이 날아갑니다.

그럴 때는 얼른 기분을 바꿔줘야 합니다.

농담처럼 다른 그림을 그리고

커피 한 잔 마시고

바람을 쐽니다.

처음에는 이게 되지 않았어요.

아쉽고 억울하고 안타까워서

며칠을 끙끙 앓았습니다.

살면서 만나는 많은 실수가 그렇습니다.
내가 한 실수든
남이 한 실수든
세상이 한 실수든
그것을 분석하고 판단해서
다음 실수를 막는 것도 중요하지만
그 '실수' 자체로부터 멀어져서
농담처럼 귀여운 그림을 그리며
벌어진 실수를 향해
"난 괜찮으니까 넌 그만 가봐라" 하고
보내주는 것도 아주 중요합니다.
우리는 종종 그것을 잊어먹어요.

이런 귀여운 그림이 쌓이면
종종 씻을 수 없을 것 같은
실수 혹은 거대한 아픔과 실패로부터
빨리 자유로워지는 법을 배우게 됩니다.

기억할 것은 단 하나,
날아간 그림은 다시 그리면 되고
고장 난 기계는 고치면 됩니다.

태도의
온도

더 오래, 더 좋게

살아남을 수 있을 겁니다

코로나가 한창일 때

어딜 가도 온도가 중요한 시대가 되었습니다.

이런 시대가 올 줄 몰랐죠.

나의 온도 … 몇 도야 ?

저는 사람을 만날 때
상대방의 온도를 알 수 있는 수많은 지표 중에
'태도의 온도'를 매우 중요하게 생각합니다.

언젠가 꽤 괜찮은 조건의 제안을 받고
미팅하게 되었습니다.
얘기도 잘 되어가고
슬슬 결정만 하면 되는 것이었는데
일과 관련 없는 얘기를 하다가
대표라는 분이 조금 이상한 말을 하더라고요.
마침 미팅을 진행하던 카페 이야기가 나와서
(네이밍에 관한 것이었는데)
가게 이름이 괜찮다고,
"나중에 뭐 할 때 사용하면 좋겠다"라고 얘기하는 겁니다.
이미 있는 업체의 명칭을
아무 거리낌 없이
등록 안 되어 있으면
먼저 등록하면 되는 거라 말하는데
'어떻게 농담이라도 저런 말을 하지'
생각했습니다.

물론 그분이 진짜 그 카페의 이름을 빼앗거나
그런 사업을 진행하지는 않았지만

태 도 (態 度)

1 몸의 동작이나 몸을 가누는 모양새
2 어떤 일이나 상황 따위를 대하는 마음가짐
   또는 그 마음가짐이 드러난 자세
3 어떤 일이나 상황 따위에 대해 취하는 입장

그 농담처럼 흘리는 말이
너무 마음에 걸렸습니다.
저와 하려는 일과는 전혀 관계없었지만,
제게는 참 좋은 조건의 제안이었지만
그 업체와는 계약하지 않았습니다.

저는 그게 '어떤 태도'라고 봅니다.
그리고 그 각각의 태도에는 다 온도가 있습니다.
그 온도는 사람을 죽이기도 하고 살리기도 합니다.

'태도의 온도.'

태도가 모든 것은 아니지만
태도는 많은 것을 알려줍니다.

사람마다 모두 다르지만
저도 저만의 '그 괜찮은 온도'의 범위가 있습니다.

태도의 온도로
그 사람의 모양을 볼 수 있고
그 사람의 생각을 볼 수 있고
그 사람의 느낌을 볼 수 있습니다.
태도의 온도를 잘 측정하게 되면
우리는 더 잘 살아남을 수 있습니다.
더 좋은 사람을 만날 수 있고
더 좋은 일을 찾을 수 있고
더 좋은 상황을 만날 수 있습니다.
언젠가 그 측정 장치를 잃어버린 저는
다른 것을 보다가
사람을 잃기도 했고
일이 틀어지기도 했으며
곤란한 상황에 부닥치기도 했습니다.

제가 좋은 태도의 온도를 가졌다고
생각하는 사람 중 하나는
어둠이 가득한 별 위를 혼자 걸을 때
같이 걸어주는 사람입니다.
길을 잃을지도 모르고

언제 끝날지도 모르는 그 길 위를
묵묵히 같이 걸어주는 사람을 만난다면
그 사람 손을 잡고 절대 놓치지 마세요.
그리고 그 반대의 상황이 되었을 때
당신도 그런 사람이 되어주세요.

그러면
우리는 더 오래, 더 좋게,
살아남을 수 있을 것입니다.

거절당하며
살아남기

나의 첫 번째 제안

학교 다닐 때 학원이나 과외 같은 거

다 한 번씩 받아본다고 하지만

제가 다닌 유일한 과외 교육은 입시 미술학원 하나입니다.

입시 미술학원도 다닐 형편이 되지 못해

엄두도 내지 못하고 있었는데 고등학교 2학년 무렵,

같은 반 친구가 먼저 학원에 다니다

그림만 잘 그리고 가능성이 있으면

학원에 장학생처럼 다닐 수도 있다는 말을 해주었죠.

(친구는 혼자라 심심해서 같이 다니려고 한 소리였는데 저는 철석같이

그 말을 믿고 학원에 갔습니다.)

나름 불순한 목적을 품고(?) 몇 달 정상적으로 다니다가

분위기를 봐서 원장님에게 얘기했습니다.

"제가 학원 다닐 사정이 안 돼서요.

열심히 해서 좋은 대학 들어가면

학원에서 아르바이트해서 갚겠습니다."

학원에 몇 달 다니지도 않은 고2 녀석이
이런 말도 안 되는 얘기를 했음에도
원장님께서 좋은 마음으로 받아주셔서
저는 학원에 다닐 수 있었고
미대에도 갈 수 있었습니다.
그 후 5년 동안 제가 다닌 미술학원에서
입시생들을 가르쳤어요.

그게 제 인생에서 첫 번째로 해본
가장 큰 제안이었을 겁니다.
그때 아마 용기를 내지 않았다면
형편상 저는 절대로 학원에 다닐 수 없었을 것이고
미대에 가지도 못했을 것입니다.

인생은 제안의 연속입니다.
특히 저처럼 작가, 혹은 프리랜서의 삶은
더욱 그렇습니다.
'작가라 쓰고 백수라 읽는다'라는 이야기가
우스개로만 들리지 않는 것은
경험해 보면 너무나 맞는 말이기 때문입니다.
스스로 나에게 밥이 되는 일을 끊임없이 찾아야 하고
그 일들은 모두 불확실합니다.
넣은 제안을 거절당하는 게 일상이 되고

먼저 연락이 온 곳에도 연락하면 답이 없기 일쑤입니다.
아무리 오래, 많이 거절당해도
완전히 익숙해지지 않습니다.
좋은 대우를 받기도 하고 무시당하기도 합니다.
손을 내밀면 상처받습니다.
반대편에서 조용히 손을 저어주면 그나마 괜찮지만
아플 정도로 탁 쳐내면 상처가 나서 쓰라리기도 합니다.
저는 거절당할 때마다, 실패할 때마다
고2 때 미술학원 일을 생각합니다.

"우리 집이 좀 힘들어서 학원비를 내기 힘듭니다.
원장님이 도와주시면 제가 열심히 해서 갚을게요."

이 말을 하기까지 걸렸던 시간,
수없이 마음먹고 어떻게 말을 할까
어떤 태도로, 무슨 말을 더 보태야 하나 고민했던 순간들.
그리고
내민 손을 잡아주었을 때의
짜릿하고 벅찬 감정.

거절당하는 순간도 많지만
손을 잡아주는 사람도 많습니다.
횟수는 중요하지 않아요.

단 한 번의 성공만 경험하면 됩니다.
그 경험은 별것 아닌 것으로 끝날 수도 있지만
누군가는 20년 동안 반복되는 거절에서
살아남을 수 있으니까요.

저는 오늘도 이 글을 쓰고
그림을 그리면서 당신에게 손을 내밉니다.

견딜 수 있는
쓴맛

삶에서 불쾌한 쓴맛이 날 때

커피의 맛은 정말 다양해서 쓴맛, 단맛, 신맛 등
여러 가지 맛들이 복합적으로 납니다.
오래 마시다 보면 선호하는 맛이 생기게 됩니다.
취향이 탄생하게 되는 것이죠.
저는 고소하고 단맛이 강한 커피를 좋아합니다.
커피를 직접 내리다 보면
쓴맛 중에 '불쾌한 쓴맛'이 날 때가 있습니다.
쓴맛이 다 쓴맛이지
'불쾌한 쓴맛'은 무엇인가 하실지 모르지만
뭐랄까 정말 기분 나쁜 쓴맛이 있습니다.
처음부터 이런 맛이 났다면 고민이 없을 텐데
같은 원두가 괜찮다가
어느 날부터 이런 맛이 나게 되면 생각이 많아집니다.

'뜸 들이기 시간이 너무 길었나?'
'너무 오랜 시간 내렸나?'

'그라인더 청소가 안 되었나?'
'물 온도가 너무 높은가?'

이것저것 적으며 '불쾌한 쓴맛'의 원인을 찾아봅니다.

제가 내린 커피에서 그런 '불쾌한 쓴맛'이 나는 원인은
대부분 물의 온도가 너무 높았거나,
혹은 너무 오랜 시간 내려서
커피 성분이 과하게 나온 것이 이유였습니다.

'진하게 내리는 것'과
'과하게 내려진 것'.

비슷한 맥락이지만 결과는 완전히 다릅니다.
아주 작은 차이가 기분 좋은 쓴맛을 만들기도 하고
불쾌한 쓴맛을 만들기도 합니다.

전 때때로 인생의 쓴맛을 봅니다.
처음 책을 내기 위해 원고를 만들고 모아서
출판사에 보내기 시작한 것이 2000년 무렵입니다.

그때부터 2년간 원고를 보냈던
모든 출판사에서 퇴짜를 맞았습니다.
그때의 쓴맛은, 매번 실망하고 아프긴 했지만
'불쾌한 쓴맛'이 아니었습니다.
왜냐하면 돌아온 원고들을 다시 만지면서
더 마음에 들게 고쳤고 희망은 커졌거든요.
아마 금방 책이 나왔다면 잘되지 않았을 게 분명합니다.
오히려 첫 책이 나오고 베스트셀러가 된 뒤에,
아주 괜찮은 일들이 일어나고 난 후에,
'불쾌한 쓴맛'을 보게 되었습니다.

하나가 잘되고 난 뒤 더 잘되기 위해
너무 오랜 시간 저를 담가놓고
더 잘하기 위해 온도를 너무 높인 것이죠.
그 뒤 찾아온 실패의 쓴맛은
'불쾌한 쓴맛'이었습니다.

그 맛을 구분하는 데 시간이 걸리고
원인을 찾아서 제거하는 데 품이 꽤 들어갑니다.
하지만 꼭 해야만 해요.
커피에서 그 '불쾌한 쓴맛'을 그냥 놔두면
결국 커피를 마시지 않게 될 테고
인생에서 놔두면

삶을 제대로 살아낼 수 없을 테니까요.
내가 즐길 수 있을 만큼의 '쓴맛'이 있습니다.
내가 견딜 수 있는 만큼의 '쓴맛'이 있습니다.
그걸 알아야 오래 살아남을 수 있습니다.

그릇장 하나로
살아남기

요즘 오랑씨 최애 장소는

바로 이곳입니다.

우리가 사랑하는 그릇장 위.

1년 전에 이 집으로 이사를 왔고

그때 이 그릇장을 장만했습니다.

이사 직후 바로 장만했던 것은 아니고

고르고 고르다 거의 두 달이 지나서야

구입하게 되었죠.

보라요정 님과 전

그릇도 좋아하고 컵도 좋아하고 가구도 좋아하고,

귀여운 거, 예쁜 거 좋아하는 '취향꽝인'들이라

그릇장 구하는 데 시간이 오래 걸렸습니다.

이사 오기 전부터 여기저기 가구 매장에 가고

공방도 찾았지만 딱 마음에 드는 가구를 만나지 못했어요.

찾다 찾다 마음에 드는 것을 찾지 못해

결국 기성 가구를 구입하기로 하고

결제 직전까지 갔는데 카드를 긁기 전 못내 아쉬워서

'아!!! 조금만 더 찾아보자'라고 마음을 바꾸었습니다.

다시 온라인을 돌아다니던 중

드디어 우리 마음에 쏙 드는 가구를 만났습니다.

전에 있던 가구들이 대부분 화이트 오크 재질인데

우리가 찾은 그릇장도 화이트 오크(백참나무)에

세로무늬 나뭇결이어서 어울리는 것이었습니다.

그렇게 헤매다가 드디어 마음에 드는 녀석을 찾은 건데

문제가 하나 있었습니다.

그릇장이 기성 가구가 아닌 주문 제작이라
실제 제품을 볼 수 없다는 것이었습니다.
그동안 가구는 실제품을 보지 않고는
한 번도 구매한 적이 없었고
주문 제작이라 가격대도 좀 있어서
고민이 될 수밖에 없었어요.
업체가 전에 만들었던 제품 사진과
다른 제품들의 디테일을 보고 그냥 결정했습니다.
거의 한 달 반 이상을 기다리다 그릇장이 도착한 순간!

"아!!!!!!"

"딱 좋아!!!"

대부분은 실제 제품보다 사진이 나아 보이는데
(광고용이니 조명이랑 후보정이 들어가서)
실제로 받은 그릇장은 사진보다
훨씬 더 마음에 들었습니다.
두근두근 신나는 마음으로 가구를 놓는데
엄청난 실수를 해버렸습니다.
가구 놓을 자리를 열심히 실측해 놓고는
1,100밀리미터 크기 공간에
1,200밀리미터짜리 그릇장 주문을 넣은 거예요.
저 공간에 장을 놓아야겠다고 결정한 후
1,100밀리미터라 체크해 놓고
거의 두 달을 가구 보러 다니는 중에
언젠가부터 1,200밀리미터로 인지하고(인지부조화인가!!)
1,200밀리미터짜리 장을 봤던 것입니다.
웹에서 가구 볼 때도 1,200밀리미터짜리만 보고
그러다가 마음에 드는 장을 찾았을 때
크기를 보니 1,200밀리미터!
아, 완전 맞춤이구나!!! 하고 주문했던 것이죠.
결과적으로 10센티미터가 튀어나오게 되었지만,
그래도 비율적으로는 이게 딱 맞아서
그렇게 마음 쓰이지는 않았습니다.

아무튼 이 그릇장은 우리의 마음에만 쏙 든 게 아니라
오랑이의 마음에도 쏙 들었는지
오랑이가 최애하는 자리가 되어버렸습니다.

이번에 이사 온 이 집은 자가가 아닙니다.
우리는 그동안 꽤 여러 번 이사했는데
월세로도 있었고 전세로도 있었어요.
저는 늘 사진을 찍어 기록하곤 했습니다.
워낙 온라인 생활을 오래 했고(콘텐츠 만드는 일을 하다 보니)
우리의 생활을 여기저기 자주 올리는데
누군가가 자가도 아닌데 뭐 저렇게 사고 꾸미냐
하는 얘기를 한 적이 있었어요.

오프라인에서도 그런 이야기를 들은 적이 있습니다.

요즘 집값(이라고 쓰고 아파트라고 읽지)이
엄청나게 뛰어서 아파트 안 산 사람들은
벼락 거지가 되어 불행해한다는
그 얘기와 맥을 같이하는 것 같은데
저는 그 말이 맞기도 하지만
틀리기도 하다고 생각합니다.
사람마다 그 기준은 다 다르니까요.

'내 집이 아니면, 이 공간을 누리면 안 되나?
이 시간, 이 공간, 다 지금 우리에게 주어진 것인데
그것이 내 것이고 아니고가 뭐가 중요하지?'

우리도 집을 살 기회가 있었어요.

다만 그것을 선택하지 않은 것뿐이죠.

그렇다고 우리는 불행하지 않습니다.

더 올라서 이사 가야 한다면?

이사 가야죠, 뭐.

다만 그때까지 우리가 있는 이 공간에서,

이 동네에서 지금을, 우리의 삶을 사는 거죠.

오늘도 우리는 우리가 사랑하는 그릇장 앞에서

커피를 내려 마시며 오랑이와 함께 오늘을 삽니다.

어머니는
칼국수를 끓여주셨습니다

그날은 신나는 날이었습니다.
초등학생의 손에
5,000원이라는 거금이 쥐어진 것이에요.
우와 5,000원이라니!!!!
1984년의 5,000원이면
이 돈으로 뭐를 할지 상상만 해도
흥분되는 엄청난 돈이었습니다.
어머니는 어디론가 급히 나가시면서
돈을 쥐여주고 짜장면을 시켜 먹으라고 하셨습니다.
전 짜장면을 시켰습니다.

두근두근.

짜장면이 오기만을 기다리면서
남은 돈으로 뭐 할까,
저녁에 떡볶이를 사 먹으러 갈까,
문방구에 가서 갖고 싶던 아카데미 프라모델을 살까,
손바닥 만화책을 사볼까,
생각만으로도 온몸이 들썩들썩했습니다.

딩동!

짜장면이 왔습니다.

저는 5,000원을 내밀었어요.

배달 온 형이 저를 쓱 보았습니다.

"잔돈 없어?"

"네."

"엄마 안 계시니?"

"네."

"아, 나도 잔돈 없는데. 너 저기 뒤에 있는 가게 알지?

내가 거기 가서 잔돈 바꿔올 테니까 먹고 있어."

"네."

당시 제가 살던 아파트의 동수는 123동.

뒤로 두 개의 동만 지나면 끝 동인 125동이 나오고

옆에는 작은 구멍가게가 있었습니다.

저는 정말 아무 생각 없이 돈을 줬어요.

그리고 세상에서 제일 맛있는 짜장면을 먹었습니다.

왜냐하면 짜장면을 먹는 게 정말 드문 일이기도 했고

먹는 내내 남은 돈으로 뭐 할지

생각하고 있었으니까요.

짜장면을 다 먹고 그릇까지 내어놓은

전 작은방으로 가서

4층 창문을 열고

배달 온 형이 잔돈을 가져오길 기다렸습니다.

시간이 지나고 어두워졌습니다.

가슴이 두근거리기 시작했어요.

아예 터질 것 같았습니다.

그리고

형은 오지 않았습니다.

저는 내일 가져다주려나 하고 생각했어요.

네, 정말로요.

다음 날 중국집에 전화했습니다.

그릇은 이미 가져갔고

우물쭈물 자초지종을 얘기했습니다.

전화를 받은 분은 그런 일 없다고 되레 화를 냈습니다.

저는 아무 말도 하지 못하고 전화를 끊었습니다.

눈물이 날 것만 같았는데

울지는 않았던 것 같아요.

며칠 동안…

'혹시 잊어먹고 안 가져온 게 아닐까?

바빠서 그런 게 아닐까?

오늘이라도… 가져다주지 않을까?'

바보 같은 생각을 했습니다.

큰형과 작은형은

제게 그런 일이 있었는지도 몰랐던 것 같습니다.

아니, 제가 5,000원을 받았다는 것 자체를

몰랐던 것 같아요.

어머니가 왜 얘기를 안 하셨지 궁금했어요.

며칠 만에 돌아온 어머니는 저를 안아주었습니다.

밥 잘 먹고 있었냐고 걱정하셨습니다.

어머니를 보자마자 걱정이 앞섰습니다.

'혹시 5,000원에 관해 물어보시면 뭐라고 하지?'

어머니는 하얀 옷을 입고 오셨습니다.

머리에는 하얀 핀을 꽂고 계셨어요.

제가 5,000원을 받았던 그날,

외할아버지가 돌아가셨습니다.

저는 겁이 났었습니다.

너무나 큰돈을,

내가 너무 바보 같아서 잃어버렸다는 생각에

크게 겁이 났습니다.

초등학생 꼬맹이인 제가

그동안 만났던 거짓말과는 차원이 다른

거대한 거짓말이어서 더 무서웠습니다.
며칠 뒤에 어머니에게 그 일을 얘기했습니다.
어머니는 아무 말도 안 하셨어요.
자책과 무서움으로 범벅된
제 얼굴을 보며 그저 웃기만 하셨어요.
그러고는 말씀하셨습니다.

"그럴 수도 있어."

그날 저녁,
어머니는 밀가루 반죽을 직접 밀어
칼국수를 끓여주셨습니다.

제 인생에서 첫 번째로 각인된
'그럴 수 있다'였습니다.

아버지와 큰형,
그리고 어머니와 작은형

아무도 없는
작은 강의실에서

제가 유일하게 다닌 학원은
미술학원이었다고 얘기했었죠?
네, 맞습니다.
고등학교 2학년 때부터 다닌 입시 미술학원이
제가 정식으로 다닌 유일한 학원,
학교 외 과외수업이었어요.
하지만 중학교 시절에
학원에 다닐 뻔한 적이 있었습니다.
아니, 다니기는 했었는데….

찌는 듯한 더위의 여름날이었습니다.
방에서 나가보니 마루에서
어머니가 처음 보는 사람과 얘기를 나누고 있었습니다.
나중에 알고 보니 물건을 팔러 온 사람이었습니다.
팔러 온 물건은 국·영·수 강의를 녹음해 놓은 테이프 세트.
지금은 인강이라 해서 인터넷으로 다 넘어갔지만
그때는 이렇게 책과 녹음된 강의 테이프를
묶어서 팔고 그랬습니다.

이 사람이 어머니에게
그럴듯한 이야기를 해서(라고 쓰고 일종의 사기)
강의 테이프를 팔았습니다.

"어머니, 이 강의 테이프 세트를 사시면
학원에서 수업도 같이 해줍니다."

다른 아이들은 다 학원에 다니는데
당신 아들은 아무 데도 못 보내니
그 소리에 어머니가 혹했던 것이죠.
아무튼 어머니는 없는 살림에 큰마음 먹고
그 테이프 세트를 샀어요.
그리고 이렇게 말씀하셨죠.

"헌재야, 너도 이제 학원 다닐 수 있다. 공부 열심히 해."

어머니는 아들이 학원에 다닐 수 있게 되어서
아주 좋아하셨던 기억이 납니다.

그때 제가 살던 집은
서울 성내역 앞(지금은 잠실나루역)에 있는 시영아파트였고
테이프를 팔면서 연계 수업을 받게 해준다는 학원은
우리 집에서 전철을 타고 두 정거장을 가면 되는

신천역 앞(지금은 잠실새내역)에 있었습니다.
저도 처음 학원에 가게 된 거라
역까지 걸어가는 걸음부터 신나서
반쯤은 걷고 반쯤은 뛰었던 것 같습니다.
부푼 마음을 안고 학원에 도착한 저는
원장이라는 사람과 함께 작은 강의실에 들어갔습니다.
아무도 없는 강의실.

"자, 여기서 공부하고 있어."

아이들은 다른 강의실에서 수업을 받고
저는 아무도 없는 그곳에서 갖고 오라고 한,
어머니가 산 그 교재 세트에 같이 딸린 문제집을 풀었어요.
그리고 한 시간 동안 그 교실에는
아무도 들어오지 않았습니다.

'첫날이라 그런가?'

하지만 제 생각은 틀렸습니다.
다음에 갔을 때도, 그다음에 갔을 때도
저는 아무도 없는 교실에서 혼자
테이프를 듣고 문제집을 풀어야 했어요.

세 번째 갔던 날, 그 원장이라는 사람에게 물어보았습니다.

"저, 어머니가 그러는데 여기서 수업받을 수 있다고…."
"아~! 수업받으려면 따로 수업료 내고, 신청해야 해."
"이 교재 사면 같이…."
"응. 너 학원 나와서 공부하고 있잖아. 그거야."

네.
교재 세트만 사면 학원 강의도 듣게 해준다는 말은
거짓말이었습니다.
교재를 팔려는, 학원 수업을 따로 등록하게 하려는
일종의 사기 같은 거였죠.
중학생인 저도 당연히
어머니가 속았다는 것을 알 수 있었습니다.
그날 저는 전철을 타지 않고 집까지 걸어갔습니다.
2호선 신천역에서 성내역까지 걸어오는 동안
속이 울렁거렸어요.
다른 아이들은 선생님과 인사하고
강의실에서 수업을 받는데
저는 꿔다 놓은 보릿자루처럼
아무도 없는 교실에서 혼자 문제집을 풀다 보면
뭔가 분하기도 하고 창피하기도 했어요.
그 시간을 보내는 것 자체가 고역이었습니다.

하지만 저는 어머니에게 말할 수가 없었어요.

어차피 학원비를 따로 받을 수도 없는 데다

어머니가 속았다는 것을 알려드리고 싶지 않았습니다.

제가 학원에 다니게 되어서 좋아하셨던

어머니의 그 기분을 망치게 하고 싶지 않았습니다.

그 후로 저는 두 달 동안 학원에 갔습니다.

학원 원장은 제가 계속 나오자 당황했고

학원 아이들도 '쟤는 뭐지?' 하고

절 이상하게 생각하는 듯했습니다.

아마도 덩그러니 혼자 교실에 몇 번 있게 되면

안 나오거나, 아니면 정식으로 등록할 줄 알았을 겁니다.

그렇게 두 달을 나가고

어머니께는 이제 돈을 내야 하는데,

다녀보니 별로라서 그만 다녀도 된다고 말했습니다.

몇십 년이 지난 일이지만 저도 그 두 달의 시간이

그다지 유쾌하지 않았습니다.

하지만 아침에 일 나가셔서 밤에 돌아오는 당신이,

그래도 아들을 학원에라도 보내

남들처럼 공부할 수 있게 해주었다는 안도감을,

저는 깨뜨리고 싶지 않았습니다.

어머니를…

그런 사람들과 싸우게 하고 싶지 않았어요.

원장이라는 사람이 몰랐던 것이 있었습니다.

저는 스프링 연습장 하나면

만화 그리는 것만으로

혼자서 몇 시간은 있을 수 있었거든요.

여름날의 오후,

에어컨도 틀어주지 않아

뜨거운 열기로 가득한 작은 강의실에는

귀여운 것을 그리며

한 시간을 5분으로 만드는 아이가 있었습니다.

쉽게 얻으면
쉽게 잊어버립니다

제 인생에서 개인에게

돈을 빌려본 경험은 단 한 번입니다.

네. 그동안 운이 좋았습니다.

물론 빚이 있죠(은행에 -_-;;; 많이… 아주 많…).

1995년에 대학에 들어갔습니다.

그리고 바로 다니던 미술학원에서

입시생을 가르치는 보조 강사 일을 시작했죠.

그때 친구 녀석이 학원에서 재수하고 있었습니다.

말이 선생이지, 친구들도 동생들도

다 제가 입시생 때부터 알고 지낸 터라

학원 밖에서는 당연히 친구로 지냈죠.

친구 집은 부유한 편에 속했습니다.

고등학교 때부터 알던 친구라

집안 사정을 어느 정도 알고 있었죠.

둘 다 록 음악을 좋아해서 CD를 빌려 듣곤 했는데

제가 거의 빌리는 편이었습니다.

친구의 음반 컬렉션은 굉장했습니다.

당시 희귀 음반 좀 아는 사람은

압구정 상아레코드(혹시 여기 알아요?

안다면 당신도…)에서 음반을 사는데

저는 구경도 못 해본 수입 음반들을

친구는 가지고 있었습니다.

상아레코드도 그때 친구 따라 처음 가봤습니다.

어느 날 급하게 돈이 필요한 일이 생겼습니다.

학원에서 가불이라도 할까 고민하던 중에

친구가 선뜻 돈을 빌려주었습니다.

'10만 원.'

큰돈이었습니다.

적어도 그 당시 제게는 말이죠.

"야, 고마워. 이번 달에 학원에서 월급 받으면 바로 줄게."

친구는 천천히 갚으라고 얘기해 주었습니다.

그달에 월급을 받고 돈을 갚으려는데 친구가 말했습니다.

"천천히 줘도 돼. 너 돈 필요하다며…."

맞아요. 저는 학원에서 받는 돈으로만 생활해야 해서
빡빡한 형편이었습니다.

"진짜? 그럼 내가 다음 달에 월급 받으면 줄게. 고마워."

친구가 배려해 준 덕에 저는
조금의 여유가 더 생겼습니다.
거의 매일 보는 친구는 그 후로도
돈 얘기를 하지 않았습니다.
어느 날 학원 수업이 끝나서
집으로 가려고 친구랑 나왔는데….

"헌재야."
"응?"
"(망설이다가) 돈… 안 주니?"

저는 순간 망치로 머리를 맞은 것 같았습니다.
네, 저는… 돈 빌린 사실을 잊어버렸습니다.
얼굴이 붉게 달아오르고 막 숨이 가빠졌습니다.

"아!! 미… 미안해."

바로 학원 아래 편의점 출금기로 가서

돈을 찾아 친구에게 줬습니다.

진짜 미안하다고, 깜빡했다고 얘기했지만

이미 둘 사이를 감싼 어색한 공기는 어쩔 수 없었습니다.

집 방향이 같아서 같은 버스를 타고 가도 되는데

저는 학원에 잠깐 올라가 봐야 한다고 얘기하고

다시 학원으로 올라왔습니다.

한 번도 느껴보지 못한 감정이었습니다.

정말 까맣게 잊고 있었어요,

돈을 빌린 사실을.

어쩌면 제 의식의 깊은 곳에서

'친구는 잘사니까 괜찮은가 보다' 하는

생각을 했을지도 모릅니다.

아마도 친구는 잊지 않고 있었을 테고

제가 먼저 얘기하거나 돈을 주길 기다리고 있었겠죠.

몇 달 동안….

친구는 속으로 매우 많은 생각을 했을 거예요.

그리고 진짜 어렵게 얘기를 꺼냈을 겁니다.

미안하고 창피했습니다.

돈을 줄 수 있는 상황에서도 미루고 있었으니까요.

'괜찮다고 했으니, 나중에 주지 뭐.'

그러다 스스로 지워버렸겠죠.

사람이란 얼마나 쉽게 자기 자신을 합리화하고
스스로에게 관대해지는지 경험했습니다.

그 후에도 저는 친구에게 여러 번 미안하다고 말했습니다.
진짜로 미안했으니까요.
친구와 사이는 나빠지지 않았습니다.
친구는 그 일 때문이 아니라
그림 문제로 학원을 옮겼고
우리는 자연스럽게 멀어졌습니다.

운 좋게도 95년의 저 사건(?) 이후
단 한 번도 지인에게 돈을 빌려본 적이 없습니다.
(비…빌려준 적은 있어요. -_-;;)
힘든 때가 왜 없었겠어요. 당연히 있었죠.
어려울 때 큰돈을 선뜻 빌려주겠다고 한
지인도 있었습니다.
하지만 그럴 때마다 그날, 그 숨쉬기 힘들 정도의
어색한 공기가 생각났어요. 제 모습도.
사실 그건 제게 단순히 돈 문제만은 아니었습니다.
살아내면서 겪는 많은 일에 다 적용되는 것이었으니까요.
쉽게 얻으면 쉽게 잊습니다.
돈이든 마음이든 무엇이든.
특히 남이 나에게 준 것은 더 말입니다.

자기에게 관대해지고
스스로 잊어버리고
그래서 합리화하는 것.

그날 저는 나에게 너무 화가 나서
버스를 타지 않고 뛰다가 걷다가를 반복했습니다.

행운력으로
살아남기

저는 운이 매우 나쁜 사람이면서

매우 좋은 사람입니다.

제가 운이 나쁘다고 생각한 이유는

거의 평생을

질병으로 인해 육체적으로 고통받고 있기 때문이고

운이 좋다고 생각한 이유는

그렇게 아픈 덕분에

반강제적으로 집에 있다가

그림 그리고 글쓰기를 시작한 것이

첫 책으로 이어져

지금까지 좋아하는 일을 하며 살고 있기 때문입니다.

생각해 보면 제 인생의 상당 부분은

꽤 큰 행운으로 이루어져 있습니다.

예전에 있었던 재미있는 일이

그것을 또다시 상기시켜 주었습니다.

보라요정 님과 외출했다가 돌아오는 길에

잠깐 신호를 받고 섰습니다.

그런데 앞차 번호가

7819로 끝나는 것을 발견했어요.

우리 둘은 동시에 외쳤어요.

"와아아아아!!"

제 전화번호 뒷자리가 7819거든요.
우리 둘은 놀라운 우연이라며 신나게 떠들다가
돌아오는 길에 이 번호로 로또를 하나 샀습니다.

로또는 당연히…
맞지 않았습니다.
하지만 놀라운 일이 있었죠.
그 주 당첨 번호 안에 7, 8, 9가 있었습니다.
저희가 신기한 우연이라 생각하고 고른
숫자의 절반이 있었던 거예요.

'어차피 맞지도 않았잖아.'

하지만 저희는 이 일이 굉장히 신기했어요.
생각해 보면 대단히 일어나기 힘든 일이니까요.
도로에서 잠시 신호 대기 중에 본
차의 번호가 제 전화번호랑 같을 확률,
그 번호로 로또를 사고
그게 그 주의 당첨 번호 절반과 맞을 확률.
아무것도 아닌 것 같지만,
아무 일도 일어나지 않은 것 같지만,
왠지 우리가 굉장히 운이 좋은 사람들인 것 같아서
신이 났습니다.

로또에 맞지 않아도 말입니다.

우리끼리 킥킥대며 떠는 이런 호들갑.
우리는 이런 게 좋아요.
저희는 무려 50퍼센트의
행운력을 가진 사람이니까요.

그 일이 있을 즈음 컨디션이 안 좋아서
힘든 나날을 보내고 있었습니다.
그런데 언제나 위기의 순간들에
제가 가진 행운력 절반이 힘을 발휘합니다.
생각지 않은 일들이 이루어지고
쓰러지기 일보 직전에 누군가 내 손을 잡아줍니다.

그 경험은 대단히 놀랍습니다.
아프게 겪는 실패들을 다 상쇄하고
거기에 힘을 보태서
아주 작은 성공이라도 붙잡게 해주거든요.
그리 크고 대단하지도 않은
그 작은 성공을 붙잡고
저는 20여 년을 건너오고 있어요.

얼마 전에도 진행하던 작업이

하나 틀어진 적이 있었습니다.
상심이 컸지만
생각지 않았던 곳에서 곧 더 큰 작업이 들어와
그 일을 메울 수 있었습니다.

어쩌면 저는 계속 실패하고 아프고 힘들 테지만
50퍼센트의 꽤 큰 행운력을 가지고 있어서
어떻게든 살아갈 것 같아요.
실제로 그렇든
마음만 그렇게 가지든,
어찌 되었든 말입니다.

저는 운이 매우 나쁜 사람이면서
매우 좋은 사람입니다.

975회 당첨결과
(2021년 08월 07일 추첨)

당첨번호: 7 8 9 17 22 24 + 보너스: 5

순위	등위별 총 당첨금액	당첨게임 수	1게임당 당첨금액	당첨기준	비고
1등	21,963,693,375원	9	2,440,410,375원	당첨번호 6개 숫자일치	

망해도
괜찮아

몇 해 전의 일입니다.
그해 제가 냈던 책은
그동안 제가 냈던 책 중에 가장 적게 팔렸습니다.

뭐랄까 마음이 너무 안 좋았어요.
판매량이 모든 것을 말해주는 것은 아니지만
애써준 편집자님에게도
출판사에도 다 미안했습니다.
나이를 먹어갈수록 저는 그런 마음이 더 들어요.
저랑 어떤 일을 했는데 결과가 만족스럽지 못하면
너무 마음이 안 좋은 거예요.
저는 그게 일종의 불안이란 것도 압니다.

'다음 작업을 할 수 있을까?'

그때 심각하게 고민했습니다.

'이제 이 일을 그만해야 하나?'

하긴 제가 이 일을 처음 시작할 때
저와 비슷한 작업을 하던 작가님 중에
아직도 같은 작업을 하는 분은
이제 손을 꼽을 정도니까요.
그러다 꽤 큰 일에 대한 제안이 들어왔습니다.
그해의 실패를 다 덮을 만큼 큰 작업이었습니다.
얘기는 잘 흘러갔어요.
확정은 아니었지만요.

'이 정도면 거의 할 것 같다.'

그런 단계까지 갔습니다.
네! 제가 그래도 이 생활 꽤 오래 하지 않았습니까.
촉이 있죠!
오프라인 미팅은 잘하지도 않는 제가
미팅 몇 번에 최종 오케이 하는 분까지
만났으니 말입니다.

그러다 너무나 갑작스럽게 그 작업이 틀어졌습니다.
이유가 뭐고 그동안 뭘 해왔고는 다 상관없어요.
그동안 수없이 겪은 일이라
모두 '그럴 수 있다'고 생각하니까요.
하지만 생각과 마음은 달랐던 것 같습니다.

저번 책 일도 그렇고 모든 게 겹쳐서
한동안 일이 손에 잡히지 않았습니다.
바람도 쐴 겸 해서 매일 가던 단골 카페에 갔습니다.
보라요정 님과 카페에 가도
머릿속에 온통 그 생각뿐이어서 멍했나 봐요.
커피를 다 마시고 밤 산책을 하다가
보라요정 님이 툭 한마디를 해줬어요.

"오빠, 망해도 괜찮아."
"응?"
"망해도 괜찮다고."
"진짜?"
"응."

우리는 그날 연남동의 한 편의점에서
빵빠레 아이스크림을 사서 들고
연희동 높은 곳 끝까지 걸었습니다.

"그리고 오빠, 나 가게 차릴 때 오빠도 그랬어.
망해도 괜찮다고."

집에 돌아온 저는 며칠 만에 그림을 그렸습니다.

망해도 괜찮아.
그냥 밤처럼 조용히 안아줄게.

온갖 분석과 전략이 필요할 때가 있습니다.

원인과 이유를 찾고 지도를 그려야 할 때도 있어요.

하지만 그 모든 걸 접고

그냥 안아주면 될 때가 있습니다.

춥다고 그러면 그냥 안아주고

시끄럽다고 그러면 말을 안 하고

걷고 싶다 그러면 그냥 걸어주면 될 때가 있습니다.

망해도 괜찮은 건…

세상에 없습니다.

망해도 괜찮은 사람은 세상에 없어요.

그냥 '망해도 괜찮다고 안아주는' 사람이 있는 거죠.

우리는 그해 망하지 않았고,

다음 해, 오랑이를 만났어요.

이유가 있어서,
이유가 없어서

아침에 눈을 떠보니 느낌이 이상합니다.

'아!!! (탄식) 왔나!!!?'

네, 거울을 보니 눈이 퉁퉁 부었네요.

살짝 부은 게 아니어서

약을 먹어야 하는 수준입니다.

상비약을 먹고 잘 관찰하다가

만약 가라앉지 않으면 병원에 가야 해요.

아마도 알레르기 반응이거나

혹은 상처로 염증이 생겼거나.

뭘 잘못 먹어서 그러는 경우는 거의 없고

그냥 그래요.

다만 오래, 자주 겪다 보니 스스로 알 수 있는 게

아, 이거는 그냥 둬도 괜찮은 정도,

아, 이거는 약을 먹어야 하는 정도,

아, 이거는 병원에 바로 가야 하는 정도.

이런 구분을 할 수 있을 뿐입니다.

그냥 병원 가서 약 먹으면 되는 거 아니냐고요?

그러면 저는 매일 약을 달고 살아야 해요.

괜찮아요. 강도도, 빈도도 점점 줄어들고 있으니까요.

살다 보니 그렇습니다.

이유를 알 수 없는 것들이 있어요.

아니, 이유가 없어요.

내가 잘못한 게 아닌데 벌어지는 일들이 있습니다.

아주 오래전에는 그런 생각을 했습니다.

제가 아픈 데는 뭔가 이유가 있어야 할 것 같다는 생각.
이유가 없으니까, 이유를 모르겠으니까
너무 화가 나는 거예요.
이유를 찾다 찾다 이런 생각이 들었어요.

'아, 내가 뭔가 잘못했구나. 그랬을 거야.'

그런데 생각하니 더 화가 나네요.

'나는 뭐 크게 잘못한 게 없는 것 같은데…'

사실 아픈 건 누구의 잘못도 아니에요.
그냥 그렇게 태어났고
그저 유전자의 운이 좀 나빴고
잘못 끼워진 단추 아래로 쭈욱 단추를 채운 것뿐입니다.
시간이 지난 후에
저는 이유를 찾을 것과 찾지 않을 것을
구분하기 시작했습니다.
사실 이유가 있는 것들은
오래 생각할 필요도 없어요.
명백한 나의 잘못, 명백한 나의 실수….
그런 건 다 알아요, 본인이.
그리고 이유가 없는 것들은 그냥 둡니다.

벌어지면, 닥쳐오면 그냥 만나는 거예요.
그래서 그 사건과 마주하고
제가 할 수 있는 것들을 합니다.
이유를 찾는 데 시간을 허비하지 않아요.

'이건 내가 할 수 있어.'

그러면 해요.

'이건 내가 할 수 없겠다.'

그러면 하지 않습니다.

안타까운 마음이 들어도 할 수 없는 건 할 수 없어요.
이렇게 훈련되면 크게 불행해지지 않습니다.
내 잘못만 아니라면 말이죠.
이유를 찾는다고 변명하며 피해 다니지 않습니다.
그러면 슬픔과 불행을 마주해서
그 깊은 골짜기를 메워갈 수 있게 됩니다.
그러다 너무 깊은 슬픔이라면,
그 안에 갇혀서 그냥 슬퍼합니다.
울음이 날 것 같으면 울어요.
슬퍼하고 울다 보면

어느새 깊은 곳에서 떠올라 있는 나를 발견하곤 합니다.
무슨 짓을 해도 벌어질 일은 벌어집니다.
아니면 좋겠지만 그런 일이 있어요.
메울 수 없을 것 같은 구멍이 생기고
건널 수 없을 것 같은 골짜기를 만납니다.
그럴 때는 또 기가 막히게 누군가 와줍니다.

저는 없는 이유를 찾느라 시간을 허비하고
없는 이유를 만들어 자신을 혼내던 때가 있었습니다.
여러분은 그 시간을 아끼고 자신을 아껴요.
이유가 있어서 좋을 때도 있고
없어서 좋을 때도 있습니다.
우리, 오래 살아남아야 하잖아요.

어떻게

인생을

커피처럼

마시는

태도에 관하여

커여운 거

그래서

20년 살아

남았습니다

깜빡이를 켜면
달려오는 사람

보라요정 님과 산책하러 나갔습니다.
걸어서 갈 수 없는 거리라 차를 가지고 나갔죠.
차선 변경을 위해 룸미러, 사이드미러를
차례로 확인한 다음 생각했어요.

'공간이 충분하구나.'

깜빡이를(흔히 부르는 말로 그냥 적을게요) 켠 순간,
저 멀리 있던 차가 굉음을 내며 달려왔습니다.
운전을 20년 가까이 했으니 대충 느낌이 옵니다.

'아, 저 차 들어오겠는데…'

차량의 흐름에 문제가 없으면
저는 대부분 그런 차를 먼저 보내줍니다.
(머뭇거리다 다른 차량과 문제가 생길 수 있겠다 싶으면 차선을 변경하고요.)
그런 차 앞에 기어이 들어가야 할 이유가 없거든요.
그 차보다 먼저 차선에 올라간다고

내 도착 시간이 엄청나게 줄어드는 것도 아니고
정말 아무 의미가 없어요.

"왜 그럴까?
깜빡이가 신호로 보이지 않고 그냥 막 화가 나나?"

보라요정 님의 말을 들으니
맞는 것 같습니다.

누구나 아는 것처럼 우측 깜빡이는
'우측으로 들어갑니다'라는 신호입니다.
그것을
'내가 들어갈 테니 너는 좀 꺼져줄래'라고
해석하는 사람도 있고
'제가 차선을 변경하려 하니 양보 좀 부탁합니다'라고
읽는 사람도 있습니다.
경적을, 화를 내는 용도로 사용하는 사람도 있고
사고 나지 말라는 주의의 의미로
사용하는 사람도 있습니다.
강철의 박스 안에 들어가 말로 할 수 없으니
빛으로, 소리로 소통하라고
깜빡이가 있고 경적이 있지만
사람마다 다르게 사용하고, 해석합니다.

언젠가 늦은 밤 일방통행 골목에서

차를 마주한 적이 있습니다.

제가 가는 방향이었기 때문에

반대편 차가 잘못 들어온 것이죠.

당연히 앞차가 빠져줘야 하는 게 맞습니다.

슬쩍 보니 조금 후진해서 차를 붙이면

제가 지나갈 수 있을 것 같았습니다.

그런데 움직이지 않더라고요.

그래서 제가 후진한 다음

그 차가 지나갈 수 있게 길을 내주었습니다.

앞차는 느릿느릿 움직여 제 차를 지나쳐 갔습니다.

제 뒤에 차도 없었고

늦은 밤이라 착각했을 수도 있으니까요.

군이 그 골목에서 다른 차도 없는데,

그리고 공간도 나오는데,

내가 옳은 방향이니 "당신이 빼라"면서

싸울 필요는 없으니까요.

그게 무슨 큰 의미가 있습니까,

그 밤에, 그 작은 골목에서.

의미 없는 일, 의미 없는 행동으로

누군가보다 우위에 서려는 것.

경쟁도 아닌데 군이 비어 있는 자리를 내어주지 않는 일.

신호를 보냈는데 그 신호를 오해하는 일.

아니 그 신호를 공격적으로 받아들이는 일.

빨리 가지도 못하는 달리기.

저는 이제 그런 의미 없는 질주를 하기 싫어요.

왜냐하면 당연히 그래봤으니까요.

왜 없었겠어요.

하지만 이제는 그런 일을 하기 싫어요.

깜빡이를 보면 액셀을 더 밟고

달려오는 사람이 되기 싫습니다.

일방통행 골목에서 제가 비켜준 그 차의 뒤에는

'초보운전, 미안해요 ㅠ_ㅠ' 스티커가 붙어 있었습니다.

우리는 매일
1센티미터씩 좋아지고 있다

나는 좋아지고 있나?

이 작은 고양이와 우리가 만나 같이 산 지
어느덧 5년이라는 시간이 지났습니다.
같이 살 수 있을까, 고민하던 시기에
〈같이 살고 싶어서〉 만화를 그리게 되었고
사진을 찍고 글을 쓰고 그림을 그리며
하루를 기록하게 되었습니다.
하루에 딱 1센티미터만큼씩만 좋아지면, 나아지면
같이 살 수 있을 것 같아서요.
오랑이가 오고 나서 얼마 되지 않았을 때,
오랑이의 사진을 본 SNS 친구들이
이런 댓글을 남겨주었습니다.

"오랑이 발 젤리가…. ㅜ_ㅜ"
"오랑이가 많이 고생했나 봐요."
"발 젤리가 아픈가 봐요."
"길 생활을 오래 해서 그런가 봐요."

그 댓글을 보고
오랑이의 발 젤리(고양이나 강아지 발바닥의
말랑말랑한 부분)를 봤어요.
거칠다 못해 굳은살이 박여 있고
상처도 좀 있는 듯했습니다.
당시 '고알못'이던 저는
오랑이가 집에 오고
며칠이 지나도록 그것조차 몰랐죠.
그냥 고양이 발은 다
핑크색 젤리인 줄 알았습니다.
댓글을 보니 잘 먹이고 관리해 주면
발 젤리가 돌아온다는 얘기가 많아서
잘 관리해 주며 지켜보기로 했습니다.
오랑이의 발 젤리는 매일매일
조금씩 좋아지고 있었습니다.

오랑이의 발 젤리에 새살이 돋는 것을 보며
옛날 제 모습이 생각났습니다.
제 몸에는 자잘한 흉터와 화상 흔적 같은 것이 있습니다.
피부색이 완전히 달라서 경계가 뚜렷한 부분인데,
예전 아토피로 몸이 가장 안 좋았을 때
(스테로이드 부작용이 겹쳤던 시절)
가장 크게 망가졌던 부위입니다.

거의 20년이 지났지만 그 흔적들을 보면

약간의 공포와 안도가 같이 밀려옵니다.

이 정도로 흉이 남으려면

정말 상처가 깊고 심하며 오래가야 합니다.

그때 저는 제 팔과 발이 떨어져 나가는 줄 알았습니다.

(너무 자세히 묘사하면 저도, 당신도 힘들까 봐 최대한 간략하게…. -_-;;)

그 상처들이 나아가는 과정을

아주 천천히 오랫동안 보았습니다.

정말 한 달에 1센티씩

살을 채워나가는 느낌이었어요.

그때 생각했어요.

'이렇게 느리게 나아져서

나는 과연 살아날 수 있을까?'

그런데 20년쯤 지나니까 그냥 살 만해진 거예요.

얼마나 지났을까.

오랑이의 발 젤리가 돌아왔습니다.

상처도 없어졌고,

거친 부분도, 굳은살도 거의 없어졌어요.

핑크색 말랑말랑한 발 젤리!

우리가 뭐 대단하게 한 것은 없었습니다.

그저 좋은 거, 맛있는 거 주고,

춥지 않은 곳에서 같이 자고,

좋다는 거 발라주고,

그리고…

같이 산 것뿐입니다.

느릿느릿 시간을 쌓으며 얻는
치유의 힘은 대단합니다.
경험으로 알고 있기에 더욱 믿음을 갖고 있지만
이번에 다시 한번 그 힘을 경험합니다.
하루도 힘들 것 같던 시간에 놓였을 때
마음을, 몸을, 생각을
무엇이라도
차곡차곡 1센티씩만 움직이면
그때는 모르지만
시간이 한참 지나고 나면
모든 게 좋아졌음을 알게 됩니다.
우리는 생각지도 못한 곳에 와 있을 테고
그곳은 전보다 훨씬 좋은 곳일 겁니다.
1센티는 아무것도 아니라고 생각할 수 있어요.
하지만 그 1센티로부터
(오랑이와 함께한) 2,000여 일의 시간이 쌓이면,
20년의 시간이 쌓이면
꽤 많은 것들이 바뀌게 됩니다.

그때 배웠다.
시간이 얼마나 걸릴지 모르지만
마음을 쏟으면
어떻게든 바뀐다.

" 난 미숙하지만
그래도
마음을 다 해볼게."

어머니가 오랑이 처음 만난 날

(간식으로 유인하라! '묘'한 표정의 묘)

밤과 함께
걸어도 되는 계절

보통 걸음은 우리를 어디론가 데려다줍니다.
하지만 목적지가 없는 걸음도 있습니다.

언젠가 제가 걷던 걸음은 '어느 장소'로 가기 위함이 아닌
거의 파업 수준의 제 몸속 공장을
돌리기 위한 걸음이었습니다.
아토피를 오래 앓은 데다
강도 높은 스테로이드 사용으로 얻은
부작용이 상당히 많은데
그중 하나가 소위 '자율신경실조증'과
비슷한 것이었습니다.
(딱 그 병명이 나오는 경우도 있고 그냥 비슷한 증상이 나오는
경우도 있고… 워낙 복합적이라.)
몸의 말단이 저리거나(마치 끈을 묶어 피를 안 통하게 하는 느낌)
온몸이 굳어 있는 듯한 느낌,
걷다가 갑자기 힘이 풀려 쓰러지거나
자고 일어나면 몸이 찌뿌둥한 정도가 아니라
매우 무기력하고 정지된 느낌이 들어요.

그냥 무기력한 정도가 아니라 진짜 몸의 엔진이 정지되어
불이 다 꺼진 것 같은 느낌이 듭니다.
사실 이건 증상이 워낙 다양해서
특정하게 약을 먹기도 힘들고
사람마다 달라서 딱 맞는 치료법을 찾기도 힘들고
자칫 더 심하게 안 좋아질 수도 있습니다.
제 경우 이런 증상을 풀어주려면
하루 중 꽤 오랜 시간 운동이나 반신욕을 해서
강제적으로 몸을 돌려줘야 합니다.
하지만 이것도 적당히 해야지,
자칫 오버하면 바닥난 체력에 상처 난 곳이 덧나서
2차 감염이 오고 그러거든요.
그러면 또 약을 써야 하고 약을 쓰면 나는 또….
(아, 악순환. -_-;;)

아무튼 이런 몸 상태를 그나마 돌려서 유지하려고
저는 거의 매일 걷습니다.
산에 가고 산에 못 가면 온 동네를 돌아요.
못해도 하루 두 시간, 아니 한 시간이라도 꼭 걸어줘야
그나마 멈춰 있는 몸이 돌아가는 느낌이 듭니다.
매일 마감으로 바빠 거르기라도 하면
여지없이 빨간불이 들어오죠.
제 몸은 저를 잘 속이지만

또 이런 부분에서는 의외로 매우 정직합니다.

'어? 안 해? 그럼 파업.'

20년을 매일 걷다 보니 좋은 것도 많이 생겼습니다.
걸으면서 생각을 줄거나 버리는 법,
계절이 바뀌는 것을 놓치지 않고 따라가는 법,
조급함으로부터 멀어지는 법,
꼭 어떤 곳에 도착하지 않아도 되는 법 같은 거요.

어느 봄날 보라요정 님과 두 시간 넘게 걸었습니다.
한옥마을의 야외 카페에서 커피 한 잔 앞에 놓고
보라요정 님은 책을 읽고
저는 글 하나를 썼습니다.
커피를 마시며 얘기를 나누다
다시 자리를 옮겨 10년 동안 산책하던
연희동 골목을 지나 연남동까지 천천히 걸었습니다.
이맘때면 벚꽃 망울이 슬쩍 올라오기 시작해요.

써놓고 보니
우리의 걸음이 목적지가 없는 걸음이 아니네요.
우리는 그동안 좋아지기 위해서, 행복해지기 위해서
걸었던 것 같습니다.

싸우고, 화해하고, 얘기하고, 상의하고, 고민하고….

"이 나무 좋다."
"아, 바람 시원하네."
"여기 되게 예쁘네."
"오늘 커피 맛있다."

목적지가 분명한 걸음이었네요.

춥지 않은 봄이 왔고
이제 밤과 함께 걸어도 되는 때입니다.

그때그때
정리하지 않으면

택배 박스를 받으면 물건을 꺼내고 나서
바로 송장과 테이프를 전부 뜯어낸 다음
접어서 보관합니다.
일주일에 한 번 재활용 분리수거를 하는데
바로바로 정리해 두지 않으면
박스가 많이 쌓이기도 하고
송장과 테이프를 뜯어내는 것도 귀찮아져서
그냥 정리되지 않은 상태로
박스들을 내놓는 경험을 했기 때문입니다.
이게 별거 아닌 것 같지만
일상과 꽤 맞닿아 있습니다.

매일매일 조금씩 하면
힘들지 않고 괜찮은 일들인데
한 번 두 번 외면하면

아예 손을 놓아버릴 정도로
건드리기 힘든 일이 될 때가 많으니까요.

감정도 그렇습니다.
어느 순간을 지나가 버리면
감당하기 어려울 만큼 커져 버리니
그때그때 살펴봐야 합니다.
그래서 버릴 게 있으면 버리고
정리할 게 있으면 정리해서
담아두고 분류해야 합니다.
가끔 그렇게 정리를 못 하면
기분이나 감정이 그대로 태도가 되어버려요.
사실 본인이 제일 잘 알죠.
지금 나의 태도가 어디서 온 건지,
무엇으로부터 쌓인 건지,
대부분 본인이 제일 잘 알고 있습니다.

거슬러 올라가면
그날 정리하지 못한 마음 하나,
혼자 상상한 확인할 수 없는 사실,
길에다 버리고 왔어야 할 감정의 찌꺼기 같은 것들.
바로바로 정리해야 했던 모든 것들.

그런 것들로부터 일상이 조금씩 부서집니다.

버릴 것은 버려야 해요.

그때그때.

재활용의 법칙 ⓒ헤리테일

어느 곱슬머리에
관하여

이 사진은 고등학교 졸업사진입니다.

저는 곱슬머리입니다.
완전 곱슬은 아니고 반곱슬(?)머리요.
처음부터 그런 것은 아니고
아마 초등학교 때부터 머리가
곱슬거리기 시작한 것 같아요.

어느 날은 더 휘고 어느 날은 좀 괜찮고….

아무튼 그렇습니다.

저는 남중, 남고를 나왔고 교복을 입었습니다.

그 시절은 당연하게도(지금 생각해 보면 참 이상한 시절이었죠)

두발 단속이 있었어요.

머리가 너무 길거나 염색 또는 파마를 했다면

교문에서 잡혀 머리를 잘렸습니다.

아니, 아니, 그 머리 말고, 머리카락이요. -_-;;

(거 너무 잔인한 생각 하는 거 아니오!!!)

아무튼 저는 매 학년 올라갈 때마다 담임선생님에게

이렇게 얘기해야 했습니다.

"저는 머리가 곱슬입니다. 파마한 게 아니에요."

하지만 어떤 선생님은 잘 믿어주지 않았습니다.

보통 곱슬이라고 하면

심하게 머리카락이 꼬불거리는 아이들만 상상하니까요.

저처럼 반곱슬(?)은 의심받기 딱 좋았습니다.

'저 새끼 파마한 거 같은데.'

실제로 끝까지 믿어주지 않던 선생님도 있었습니다.

복도를 지나다 그 나무 지시봉(?)으로

파마했다고 머리를 맞기도 했죠.

아무튼 왜 학교에서 머리를 갖고 뭐라고 하는지

이해되지 않았습니다.

'머리를 기르면, 염색을 하면, 파마를 하면

이상한 애가 되나?' 하고요.

실제로 학교에서 저런 것들을 막으니

소위 논다는 애들은 어떻게든 교묘하게 줄타기하듯

연한 갈색으로 염색을 하고

머리를 최대한 기르고

약하게 파마를 했습니다.

그러다 보니 학교에서 말썽 피우는 애들의 외모 기준은

머리나 복장이 되었습니다.

고등학교를 졸업하자마자

저는 머리를 기르고 염색을 했습니다.

잠깐 기르는 게 아니라 꼬박 5년간

한 번도 자르지 않았어요.

록 음악을 좋아해서이기도 했지만

학교 다닐 때 겪었던 저 '이해할 수 없음'도 한몫했습니다.

그때는 반항할 수 없으니까,

'졸업만 해봐라' 딱 이런 마음.

그리고 할 수 있을 만큼 최대한 해보는 것.

머리를 기르고 재미난 일들이 참 많았습니다.

밴드도 했고요.
그게 꼭 머리를 기른 덕분은 아니지만
단 한 번도 긴 머리로 살아보지 않은 삶에서
긴 머리로 살아보는 것은 꽤 신나는 일이었어요.

20년쯤 지나서 제 인생의 기록을 보면
대부분 저런 식입니다.
머리 갖고 한 소리 듣기 시작한 게
중학생 때부터였습니다.
그게 제 인생의 무슨 커다란 걸림돌이나
한이었던 것은 아니지만
'지금 못 해. 그럼, 나중에 해야지'라고
마음속 서랍 어느 구석에 넣어놓으면
언젠가 반드시 꺼내서 마음이 풀릴 때까지
하게 되는 겁니다.

'머리를 못 기르게 하네.
그럼 내가 언젠가 기를 수 있을 때 원 없이 길러봐야지.'

이런 거요.
그 마음은, 당연히
'지금 할 수 있으면 지금 하고'와
연결됩니다.

'지금 할 수 있으면 좋고,
나중에 할 수 있다면 그것도 나쁘지 않아.'

가끔 늦어버린 것들에 대해 후회할 때가 있습니다.
생각해 보면 후회하는 그 시점에도
그것을 할 수 있는 경우가 종종 있어요.
다만 너무 늦었다고, 지금은 할 수 없다고,
합리화하는 거죠.
우리는 간혹 너무 쉽게 버리곤 합니다.
그게 물건이든 마음이든 꿈이든 사람이든 말입니다.
좀 천천히 들여다보고는
분류도 해놓고 그러면 좋은데
뭔가 틀어진 것에 대해서 쉽게 버리고 잊곤 해요.
모두 버리지 않고 쌓아놓으면
그것도 그것대로 문제지만
버리지 않고 모아둔 '어떤 꿈'이나 '원하는 것'은
살아남는 데 꽤 요긴하게 쓰이기도 하고
아예 인생 전체를 바꾸기도 하죠.
예를 들면 제 긴 반곱슬머리를
알고 있던 사람과 헤어지면서

'언젠가 다시 만나면 그때는 꼭 같이…'

이렇게 각자의 마음속에 넣어두었다가

꽤 오랜 시간을 돌고 돌아

다시 만나 함께하는 것 같은 거요.

저 머리 묶은 사람이 접니다. -_-;;;

(묶은 머리가 곱슬거리는)

불쾌한 농담으로부터
살아남기

2022년 아카데미 시상식에서
크리스 록이 제이다 핀켓 스미스가
삭발한 것에 대하여 농담을 했습니다.
문제는 그녀가 그저 스타일을 위해서
삭발한 것이 아니라
질병으로 인해 삭발했다는 것이었죠.
농담을 들은 그녀의 남편 윌 스미스는
시상식 생방송 도중 무대로 걸어 올라가
크리스 록의 턱을 날려버렸습니다.
(가장 정확한 우리식 표현은 싸다구겠죠.)
여러 의견이 오갔지만
제게는 이 사건이 조금 더 와닿는 지점이 있었습니다.
어차피 모든 사건은 본인의 경험과 맞물려서
증폭되곤 하니까요.

저는 윌 스미스가 펀치를 날린 것은
분명 잘못이고 비판받을 일이라 생각합니다.
윌 스미스의 폭력은 부인 제이다와 본인 모두

그 불쾌하고 저질스러운 농담으로부터 벗어나는 데

큰 도움이 되지 못했다고 생각해요.

그의 마음이 이해가 가는 것과는 별개로 말입니다.

수많은 사람이 보는 생중계 중에 벌어진 저 폭력은

마치 짜인 각본처럼 뭔가 근사해 보이고

각종 밈으로 소환되어 우스갯거리가 되겠지만

카메라가 없는 일상의 어느 구석,

보통의 어떤 사람에게는

훨씬 더 농도 짙은 폭력으로

발화될 수도 있기 때문입니다.

이제 이 책을 읽고 있는 분들은 다 아시겠지만

저는 오랫동안 아토피를 심하게 앓고 있는 환자입니다.

꽤 오래전에 극장에서 본 한국 코미디 영화가 있었어요.

그 영화의 후반부에 아토피가 개그 소재로 잠깐 나오는데

큰 극장 안의 모든 사람이 깔깔거리며 웃을 때

저만 웃지 못하는 경험은 대단히 묘한 느낌을 주었습니다.

게다가 2002년에는 가장 심하게 아파서

거의 2년 가까이 외출을 못 하다가

조금씩 밖으로 나가기 시작한 터라

그 농담이 훨씬 더 아프게 다가왔습니다.

물론 그전에도 종종 그런 일이 있었습니다.

저는 남중, 남고를 나왔는데

눈이 빨개진 채로 학교에 간 날,

선생님이 "울었냐?"라면서 키득거리거나

제 얼굴이 빨간 날,

"술 마시고 왔냐? 집에 가라" 따위의 농담들을 했습니다.

아이들이 모두 있는 교실에서요.

(물론 전 선생님의 싸다구를 날리지는 않았습니…. -_-)

다행히 학창 시절에 왕따당하거나

괴롭힘을 당하지는 않았습니다.

누군가 심한 농담을 해도

아무렇지 않은 척, 괜찮은 척, 센 척해서

위기를 벗어나곤 했는데

보이지 않는 수면 아래에서는 최대한 발을 휘저으며

가라앉지 않으려고 꽤 큰 노력을 하곤 했었죠.

그렇게 살다 보면 무례한 사람과

다정한 사람을 구분하게 됩니다.

그리고 본의 아니게 감정이 잘 훈련되어

'그런 척'하는 게 아니라 진짜로 '그렇게' 되기도 하죠.

예의 없고 무례한 사람에게

더 이상 내 감정을 소비하지 않게 되고

누군가 던지는 아무 의미 없는 농담에

크게 신경 쓰지 않게 되는 때가 옵니다.

하지만 이 이야기도

지금 제 상태가 좋아졌기 때문에 할 수 있지,

지금 가장 아픈 사람이라면

지금 가라앉고 있는 사람이라면

아마도 저런 농담들이

가슴을 찌르며 들어오는 칼날 같을 겁니다.

아무튼 불쾌한 농담을 만났을 때

그래서 제 기분이 망가졌을 때

제가 그 '어떤 기분'에서 벗어나는 방법 중에

몇 가지 추천해 드릴 것은

첫 번째가 장소, 물리적인 공간에 관한 것입니다.

바로 그 '기분의 원'에서 밖으로 나가는 것이죠.

실내에 있었다면 밖으로 나가고

밖에 있었다면 실내든 어디든,

다른 어딘가로 몸의 위치를 옮기는 겁니다.

두 번째가 시간에 관한 것입니다.

정말 어떤 감정이 너무 심하게 올라온다 싶으면

딱 30초만,

딱 30까지만 세어보는 겁니다.

10초는 너무 짧고 1분은 너무 길어요.

그 중간 30초쯤만 하나씩 숫자를 세고 숨을 고르다 보면

정말 불같던 화도 가라앉는 효과가 있어요.

세 번째는 몰두에 관한 것입니다.

하나에 집중해서 나머지 생각을 지우는 거죠.

제 경우는 멍하게 있는 것보다는

아무 생각이 필요 없는 작업을 하는 것입니다.

제 경우는 그림을 그리니까

펜선을 그리거나 컬러를 칠하는,

생각할 필요 없이 그냥 기계적으로

손만 움직이면 되는 작업을 해요.

그림 그리는 일을 하지 못할 때는

주로 반복적인 동작이 요구되는 청소를 합니다.

그 외에도 그런 순간순간마다 꺼내는 카드들이 있지만

결국 이 카드들은 개인의 경험에서

얻을 수 있는 것들입니다.

경험을 통해 하나하나

본인만의 카드를 구비해 놓으면

불쾌한 농담으로부터, 무례한 사람으로부터

덜 상처받고

괜찮게 살아낼 수 있게 됩니다.

그런 말 듣지 말고

그런 거 보지 말고

좋아하는 것들로 한번 식히고

괜찮괜찮괜찮괜찮괜찮… 조용히 주문을 외운 다음

"30 까지만 세봐."

남의 이야기가 아닌 나의 이야기로 갑니다.

우리는 리트리버가 아니니까,
리셋이 안 돼

나이가 들면 감정에 대한 학습이 됩니다.

아니, 돼야 해요.

그게 안 되면 나이 들수록 힘들어져요….

그래서 전 이제 덜 서운해하는 법을 배웠습니다.

나이 들어 감정이 무뎌진 것이 아니라

시간 덕분에, 경험 덕분에 학습 효과가 쌓여

나에게 필요한 쪽으로,

좋은 쪽으로 변화한 거죠.

감정이 요동치는 고저 차는 줄었지만

어떤 감정은 훨씬 깊어졌습니다.

그렇다고 화가 나지 않거나

짜증이 없어지거나

서운함이 모두 사라진 것은 아닙니다.

어떻게 그럴 수 있겠어요.

그저 이 감정이 깊어지면 '내가 너무 힘들겠다' 싶으면

줄여보려고 하는 거고

이 감정은 깊어질수록 '내가 좋아지겠다' 싶으면

계속 가꾸고 가지고 가려는 거죠.

살아보니 감정은 쓸 수 있는 한계치가 있어요.

하루에 얼마큼, 한 달이면 어느 정도, 1년이면 이만큼.

적어도 저는 그렇더라고요.

마치 스마트폰 데이터 제한처럼

한 번에 다 써버리고 나면

금방 채워지지 않아요.

누가 와서 채워주기도 하고

나에게 필요한 것들을 하며 채우기도 하지만

순식간에 써버리고 나면

금방 채울 수가 없습니다.

그러니 서운함에, 화남에, 부정적인 감정에 몽땅 쓰거나

나를 불사르는 감정에 전부 소진해 버리면,

괜찮은 감정도 사용할 수가 없어요.

누가 마냥 채워주지 않아요.

시간도 걸리고 노력도 많이 들어갑니다.

언젠가 TV에서 대형견 리트리버가

끝없이 참아주는 장면을 봤어요.

어떻게 그럴 수 있냐는 물음에 전문가는 답했어요.

리트리버는 다음 날이면 다 리셋된다고.

(유머 섞인 표현이고 리트리버도 어릴 적부터 잘 훈련되어야

그렇게 자라지만 말이죠.)

"우리는 리트리버가 아니니까, 리셋이 안 돼."

기억해.

살아남으려면

회복에
진심입니다

우리는 하루에 얼마만큼 부서져 나가는가?

말로 부서지고, 상황으로 부서지고
내가 잘못해서 부서지고, 남이 잘못해서 부서지고
그렇게 매 순간 부서집니다.
별로 타격감 없는 것들이라도
매일매일 조금씩 얻어맞다 보면
어느 순간 이건 괜찮지! 믿고 있던 기둥이
툭! 하고 작은 한 방에 무너지곤 하죠.
그런 때가 있었습니다.

그렇게 넘어지면
다시 일어나는 게 얼마나 힘든지 경험해 봐서,
저는 회복에 매우 진심입니다.
완전히 넘어지지 않고, 완전히 부러지지 않고
갈대처럼 휘었다 다시 일어설 수 있을 만큼을 유지하는 것.
상처받지 않으면, 부서지지 않으면 좋지만
살아보니 그런 건 없어요.

그래서 저는 회복에 진심입니다.

진심이지만 제 회복의 방법은

거대하지도, 화려하지도 않습니다.

어떤 것들은 강도가 세서

"와아, 이거 한 달은 가겠네" 하던 것들도

결국은 다 사그라들더라고요.

그러니 일상의 작은 것들로부터

그때그때 매일매일 '회복'을 마셔두는 게 좋습니다.

'매일' 부서지는 것을

'매일' 보수해서 회복시키는 게 중요합니다.

언젠가 모아서 고쳐야지 하다가

막상 폐허를 마주하게 되면 엄두가 나지 않아

다시 덮고 덮고를 반복하다

파사삭 완전히 깨져버리고 싶지 않아요.

아토피와 여러 가지 건강 문제로 그 좋아하던 극장에서

영화 보기를 못 하다가 다시 극장에 (제대로)

다닐 수 있게 된 건 2006년쯤이었습니다.

그해 강변 CGV에서 심야 영화를 보고

걸어서 한강 다리를 건너던 기억은 아직도 생생합니다.

길다면 길고 짧다면 짧은 다리를 건너

동네 편의점 앞에 쪼그리고 앉아

아이스크림 하나 까먹으며 별거 아닌 이야기를

세상에서 가장 중요한 이야기처럼 나누다

"안 되겠다, 내일 다시(아, 오늘이지) 만나

영화 하나 더 보고 마저 이야기하자" 하던 그 순간들은

극장을 향해 문을 나서던 순간부터

일종의 거대한 회복실이었던 셈입니다.

행복은 일종의 수집입니다.

연구 대상은 '나'이고 수많은 조합 중에 최적의 것들을

모아 기억 속에 저장하고 필요할 때 꺼내봅니다.

제가 뭘 수집해 어떻게 저장해 놓았는지에 따라

회복의 속도는 점점 더 빨라집니다.

한 달짜리가 일주일로, 일주일짜리가 사나흘로,

하루로, 몇 시간으로 계속 빨라져요.

이제 나는 완전히 괜찮아졌는가?

(완전히 괜찮…아?) 아니, 그런 일은 일어나지도 않고
일어날 수도 없습니다.
다만 나이를 먹었는데도, 몇십 년을 반복했는데도
예전과 같다면 그건 '나'의 문제일 확률이 높습니다.
여전히 화를 내고 짜증 내고 좌절했다 포기하고
아무 생각 없이 누워 있기를 반복합니다.
다만 그럴 때마다 일어나서
나만의 회복실로 들어가는 겁니다.

회복에 진심입니다 ©Perytail/그려데일

요즘 저의 오전 회복실은 커피를 내려서 보라요정 님과
함께 나눠 마시고 만화책을 꺼내 보고
오랑이를 쓰다듬고 글을 좀 쓰다가

(글을 왜 이렇게 못 써! 그렇다면…)

귀여운 거를 그려보는 것입니다.
커피를 내려 먹는 일은 몇 년 전에 수집한 일이고
귀여운 거 그리는 일은 몇십 년 전에 수집한 일이죠.
그 조합을 이리저리 맞춰보다 보면
꽤 괜찮은 회복실이 하나 만들어집니다.
그렇게 20년쯤 지나면 실패하지 않는 조합이 만들어지고
그때그때 원하는 회복실로 들어가면 되는 거죠.

2000~2001년에는 한 번도 극장에 가지 못했고
2002년부터 띄엄띄엄
극장을 다시
갈 수 있었습니다.
그 이후로 0이 되는
해는 없었으니
나름 괜찮은
20년이었습니다.

(코로나 2년 제외. ㅜ_ㅜ
그건 세상이 아팠던 거니까.)

2006년, 다시 극장에서 1년에 열 편 이상을
보게 된 해

우리 얘기를
모두 듣고 있어

봄이 끝날 무렵
보라요정 님과 불광천으로 산책하러 갔습니다.

"와아! 따뜻한 거 봐! 이제 봄 다 갔다.
금방 여름 올 것 같아."

이 말을 하자마자
계절의 신께서 "오호, 그래?"라며
바로 초겨울 추위를 선물해 주셨습니다.
산책하러 나갔다가 칼바람만 잔뜩 맞고
30분 만에 집으로 돌아왔습니다.

사실 이것도 과학입니다. 우리는 다 알죠.
꽃샘추위.
이른 봄에 오는 추위도 있고
그 봄의 끝에 아쉽다고 또 한 번 찾아오는 추위도 있죠.
하지만 저는 이런 일을 만날 때마다
그냥 '말의 힘'을 생각하곤 합니다.

말은 종종 뱉어내는 대로 그 힘을 발휘해서

그렇게 만들기도

그렇게 만들지 않기도 하거든요.

계절과 온도는 과학의 영역이지만

과학이 닿지 않는 '말의 영역'이 있습니다.

저는 일기를 오랫동안 써왔습니다.

초등학교 때부터 써왔으니

일기장 권수로만 대략 20여 권이 넘습니다.

어떤 날은 몇 장을 넘어가는 긴 이야기를,

어떤 날은 그냥 한 줄, 한 단어만 쓰는 날도 있습니다.

그 일기장을 천천히 보다 보면

유독 심한 말들이 쓰여 있던 기간이 있습니다.

책에 옮겨 적을 수 없을 만큼의 심한 말들입니다.

네.

가장 아프고 힘들었던 때

그때 매일 그런 말들을 쏟아냈어요.

글로만 쓴 게 아니고

혼잣말로도 끊임없이 뱉어냈습니다.

누군가를 향해서 하지 않고

오로지 나만 보는 일기장에,

혼자 있는 방에서만 쏟아냈습니다.

몇 개월쯤 흘렀을 때

저는 그 말에 온통 사로잡혀 버렸습니다.
툭 건드리면 온통 그런 말들만,
그런 글들만 쏟아질 것 같았어요.

'어차피 아무도 보지 않고
아무도 듣지 않는 말인데….'

이렇게 생각했지만
제가 보고, 제가 듣고 있었습니다.
물속에서 외치면 소리가 퍼져나가지 않으니
괜찮다 싶었는데
제가 쏟아낸 말과 글로 가득 찬 물이
저를 숨 막히게 만든다는 것을 알았습니다.

'내가 왜 이러고 있지?'

그런 느낌을 받은 후,
저는 더 이상 일기장에 '그런 글'을 쓰지 않고
'그런 말'도 하지 않게 되었습니다.
뭐 대단히 좋은 사람, 바른 사람이 되려고 그런 게 아니라
그냥 그 모든 것들이 나에게는
단 1의 위로도 도움도 되지 않았으니까요.

"어제 그 얘기 하자마자 엄청나게 추워졌네."
"그러니까 우리 얘기 다 듣고 있었네."

봄이 가고 있었습니다.

고장에
대비한 삶

일할 수 있는 나이가 되어 그림으로 돈을 번 후
평생을 컴퓨터와 온라인에 연결된 삶을 살다 보니
작업용 컴퓨터가 고장 나거나 인터넷이 안 되면
그 스트레스가 어마어마한 때가 있었습니다.
그런 상황에 대비하기 위해 따로 노트북을 사고,
들고 다니면서 그림 그릴 수 있는
컴퓨터와 액정 태블릿이 붙어 있는
모바일스튜디오까지(국내 출시 전이라 해외 구매) 갖추고
보조 컴퓨터에 이것저것 장비를
마구 들이던 시절이 있었어요.
지금은 다 정리하고
아이패드, 미니 요 정도만 가지고 있습니다.
왜냐하면 사용하지 않으니까요.
뭐랄까, 엄청난 대비라고 해놓고
이것저것 쟁여놓던 시절을 지나면서
결국 그것들은 자기의 쓰임을 다하지 못하고
구석에서 먼지만 쌓여가는 모습을 보았으니까요.
몇백만 원짜리 맥북도,

외국에서 일부러 사다 달라고 부탁한 모바일스튜디오도,
여분의 카메라도,
제게 주어진 시간 동안
사용할 수 있는 물리적 시간이 정해져 있음을 알고는
전부 다 정리했습니다.

느긋하게 마감을 해놓고는
새벽에 파일을 보내고 자야지 하는데
딱 그 타이밍에 인터넷 연결이 끊어졌습니다.
전에도 제가 사용하는 통신사가 그런 적이 있어
통신 장애인가 하는 생각에 여기저기 찾아봤는데
그런 글은 올라오지 않고 그 새벽에 전화까지 해보니
우리 집 공유기가 고장 나버린 거예요.

'아, 타이밍이!!'

아, 맞아요. 전에 가지고 있던 노트북을 팔지 않았다면
컴퓨터랑 연결해서 해결할 수 있었을 텐데.
하지만 그 생각도 잠시,
그냥 동네 어디에나 있는 5분 거리 피시방에 가서
30분에 1,000원, 비회원으로 결제하고 파일을 보낸 후
집으로 돌아왔습니다.
(100만 년 만의 피시방 구경이었습니다.)

공유기 고장은 하루 뒤
기사님이 오셔서 해결해 주실 것 같고요.

사실 이런 마음이 된 것은
그 시간을 모두 지나온 덕분입니다.
필요 없는 것들은 덜어내, 조금 더 가벼워지고 싶은 마음.
그건 물건을 안 사거나 욕망이 사라졌다는 게 아닙니다.
지금도 좋은 것, 마음에 드는 것, 예쁜 것들을 삽니다.
다만 어떤, 보이지 않고
언제 터질지 모르는 위험을 대비한다고
스스로 끝없는 스트레스를 주며
무언가를 쟁여놓지 않는다는 거죠.

어쩔 수 없는 것들이 있습니다.
대비한다 해도 피할 수 없는 일들이 있어요.
오히려 대비한다면서
계속 스트레스를 주는 것들, 일들도 많더라고요.
지금 제게 필요한 것은
어떤 일이 일어나지 않기를 바라는 게 아니라
그 일이 벌어진 후에 대한 저의 태도입니다.
지금은 그게 제일 중요해요.

제게는
고장 나지 않는 삶보다
고장 난 후의 삶이 더 중요해요.

고장 나면 고치면 되고
안 되면 될 때까지 기다리는 것,
벌어진 일을 받아들이고
다음으로 걸어가는 것.

우리는 그냥 수다나 떨면서
커피 한 잔 마시면 됩니다.

어떻게
어떻게
어떻게
어떻게
어떻게
어떻게
어떻게

그래서 20년 살아남았습니다

매일매일
귀엽게

작지만 소중한 털뭉치들과 함께

큰형의
알라딘 신발

'알라딘 신발'이라는 게 있었습니다.
아니, 그렇게 부르던 신발이 있었어요.
제가 고등학교 다닐 때
좀 논다는(?) 친구들이 신던, 가죽으로 된 신발인데
《알라딘과 요술 램프》 동화에 나오는 신발처럼
앞코가 뾰족하게 구부러져 있는 신발입니다.
그리고 우리 집에도 알라딘 신발이 있었습니다.

어느 날 현관 앞에 벗어놓은 큰형의 운동화를 보았는데
뭔가 이상해 보였습니다.
운동화의 앞코가 살짝 구부러져 있는 거예요.

'원래 저랬었나?'

그냥 구겨진 것일 수도 있고….
아무튼 그날 본 형의 운동화는
앞코가 살짝 올라가 있었어요.
한참이 지나고 나서 형의 운동화는 눈에 띌 정도로

정말 앞코가 위로 확 구부러져 올라가 있었습니다.

저번보다 훨씬 심하게 말입니다.

얼마나 구부러져 올라갔는지

학교에서 애들이 '알라딘 신발'이라고 부르는 것만큼,

아니, 그것보다 더 심하게 구부러져 올라가 있었어요.

이상하다 생각했지만, 그 이유를 몰랐습니다.

그저 이상하다고만,

오래 신어서 그런가 보다라고만 생각했습니다.

어쨌든 이상하긴 했으니 제 기억에 저장되었죠.

"형, 전에 보니까 형 신발이 구부러져 있던데

왜 그런 거야?"

"아, 그거…?"

시간이 더 지나고

형의 신발이 그렇게 된 이유를 알게 되었습니다.

큰형은 그때 주유소에서 아르바이트를 하고 있었습니다.

주유소 건물 바닥에는 기름 탱크가 있는데

찌는 듯한 여름의 뜨거운 햇볕으로 달궈져서

지면 위까지 올라온 열기가

신발을 그렇게 구부러뜨린 거였죠.

이유를 알고 나니

뭔가 말하기 힘든 뜨거운 것이

가슴을 살짝 누르는 것 같았습니다.

어렸을 적 집안의 경제 사정은 늘 어려웠고

형님들은 많은 것을 희생했습니다.

큰형님은 고등학교를 졸업하자마자

대학에 진학하지 않고

닥치는 대로 아르바이트를 해서 돈을 벌었습니다.

그리고 나중에는 외국에까지 나가 일을 했습니다.

말레이시아의 오지에서 큰 공사를 했는데

또래도 없고 형이 제일 젊은 사람이었다고 합니다.

그곳에서 몇 년간 일하며

번 돈을 집으로 보내준 덕분에

우리 가족이 먹고살 수 있었습니다.

그때가 아마도 제 기억 속에서

집안의 경제 사정이 작게나마 처음으로

기지개를 켜보았던 시절이었을 겁니다.

우리 집은 삼 형제고 제가 막내입니다.

꼭 막내라서 그런 것은 아니고 예전부터 워낙 골골대니

언제나 저는 열외였습니다.

몸을 쓰는 일도 마음을 쓰는 일도

저는 항상 형님들에게 빚을 지며 살았던 것 같아요.

아버지가 돌아가셨을 때도

저는 병원에도, 장례식장에도 가지 못했습니다.

그때가 제 평생 가장 안 좋았던 시기라
어디 한 발자국도 나갈 수 없었거든요.
몸이 아픈 것도 아픈 것이지만
뭔가 사람의 도리를 못 한다는 것,
자식으로서, 가족의 일원으로서 구실을 못 한다는 게
더 아프고 힘들었습니다.

"형들이 있으니까 너는 걱정 말고 집에 그냥 있어."

지금도 종종 힘든 일이 있을 때
그때 봤던 큰형의 운동화가 생각납니다.
앞코가 말려 올라간 운동화.

'나는…
아는 사람 하나 없고 또래도 없는
밀림의 오지에서 일하며
버는 돈의 거의 전부를 집에 보내줄 수 있었을까?
나는 그럴 수 있을까?'

내가 받은 수많은 것들,
셀 수 없는 혜택들,
열외의 기억들….

'내 운동화는 한 번도 말려 올라갈 만큼
뜨거운 곳에서 고생한 적이 없네.'

생각이 거기에 닿고 나면
제가 겪고 있는 힘든 일은
어느새 다시 서랍 속에 넣어둘 만큼 작아집니다.
서랍을 닫고 다시 그림을 그립니다.

그 뒤로 나는
걸으면서 넘어지지 않았다

대부분의 집에서 러닝머신은
빨래건조대가 되는 운명을 갖고 있다고 하지만
저는 아주 잘 사용했던 적이 있습니다.

거의 2년 동안 외출을 못 하다가
2002년 즈음부터
조금씩 괜찮아지면서 외출하기 시작했습니다.
그런데 걷다가 픽픽 쓰러지는 거예요.
다리 힘이 갑자기 풀리는데
한 번도 경험해 보지 못한 일이라 깜짝 놀랐습니다.
하긴 집에서 꼬박 누워 있고
앉아서는 그림 그리고 자판만 쳤으니
근육이며 체력이며 다 바닥으로 떨어졌던 거죠.
그때도 완전히 나아지지는 못해서
외출이 자유롭지 못했죠.
어떻게 운동을 하지 고민하다가
러닝머신을 구입했습니다.
러닝머신 위에서 천천히 걷기 시작하는데

마치 걸음 걷는 것을 잊어먹었다가
다시 시작하는 느낌이 들더라고요.
거의 1년 정도의 시간을 러닝머신 위에서
매일 걸었습니다.
(아파트라 세게 뛰지는 못했죠.)
그다음 해에는 정말로 더 많이 밖에 나가서
걷고 뛰기 시작했습니다.

러닝머신 위에 있다 보면 지루합니다.
보통의 걸음은
우리를 어디론가 데려다주지만
러닝머신 위에서의 걸음은
목적지가 없어요.
다만 걷지 않으면 밀려 떠내려갑니다.

그때의 저는
한참을 떠내려간 것 같았습니다.
돌아오지 못할 만큼 밀려났다고 생각했습니다.
남들은 몇 년만큼 나보다 더 걷고 달렸는데
앞으로도 계속 달릴 텐데
나는 이 걸음으로
따라갈 수 있을까 절망적이었습니다.

생각해 보면 모두 거대한 러닝머신 위에 올라

각자의 목적지로 열심히 달리고 있습니다.

잠깐 멈추면 쭈욱 뒤로 밀려나는

원래 달리던 만큼 달려도 제자리인

점점 빨라지는 러닝머신.

그러니 무한으로 계속 나를 독려하며

속도를 높여야 하는 그런 러닝머신.

저는 사회가 정해놓은 타임테이블 중

가장 빠르고 힘차게 달려야 한다는 시기에

거대한 세상의 러닝머신에서 내려와(자의가 아니었죠)

어디로도 나를 데려가 주지 않는

작은 러닝머신 위에서

천천히 걷고 있었습니다.

제 걸음은 목적지가 없는 걸음이었고

제 계획은 10년 뒤가 아닌

한 달, 일주일 뒤였습니다.

매일매일 걷고

남는 시간에 그림을 그리고 글을 썼습니다.

제 꿈은 만화를 그리고

글을 쓰며 사는 것이었습니다.

아이러니하게도 저는 아프고 나서야

그리고 쓰는 것을 본격적으로 할 수 있었습니다.

그전에는 '해야지, 이렇게 그리고 써야지'라고
계획만 하고
제자리걸음을 하고 있었습니다.
세상의 거대한 러닝머신 위에서
밀려나 굴러떨어진 뒤에,
나만의 작은 러닝머신 위에 올랐을 때
제가 가고 싶었던 곳으로 갈 수 있었어요.
그때의 러닝머신은
딱 나에게 맞춘 것이라
세상의 속도와도, 다른 이의 걸음과도
비교할 필요가 없었습니다.

1년이 지나고 그다음 해부터는
더 많이 나가서 걷기 시작했습니다.
거실에 놓인 러닝머신은
점점 사용감이 떨어졌지만
저는 그 러닝머신을 볼 때마다
뭐랄까 살짝 마음이 둥글둥글해졌습니다.

그 뒤로 저는 걸으면서 넘어지지 않았고
힘들면 멈춰서 풍경을 보는 법도 알게 되었습니다.

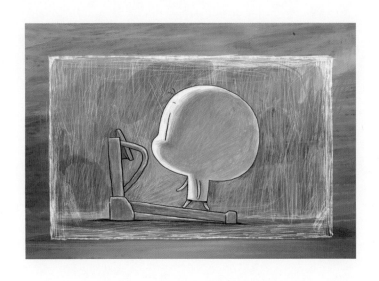

삼 형제

(아버지와 내가 입은 옷은 어머니가 직접 만든 옷)

우리는 우리만의 무지개를
보는 사람들입니다

귀엽게 뜬 작은 무지개를 만나다

조금 이른 시간에 일어나기 시작했습니다.
거의 평생을 밤에 일하고
낮에 일어나는 루틴으로 살아왔는데
나이가 들고 여러 가지로 힘들어지면서
생활 패턴을 조금이라도 바꿔볼까
마음먹고 실천해 보고 있어요.

이부자리를 정리하며 청소하다가
침실 한편에서 작고 귀여운 무지개를 발견했습니다.
자주는 아니지만 이렇게 가끔 무지개를 만날 때마다
옛날 생각이 나서 마음이 일렁거립니다.

(이미 여러 번 썼지만)
20년 전 저는 거의 2년 동안
바깥출입을 못할 정도로 아팠습니다.
그전에도 계속 아팠지만

그렇게 오랫동안 밖에 못 나갈 정도로
안 좋았던 것은 그때가 처음이었죠.
과거형인 '아팠습니다'로 끝났으면 좋을 텐데
안타깝게도 제 병은 완전히 나은 것이 아니라
현재 진행형입니다.

2000년 초부터 2002년 봄까지,
딱 죽었다고 생각할 정도로 아팠던 시간을 지나
몸은 조금씩 나아졌고
아주 짧은 거리부터 외출하게 되었습니다.
그전에는 아무렇지 않게 했던 일들, 봤던 것들, 들었던 것들이
모두 다 새롭게 다가왔습니다.
지하철을 타도, 버스를 타도, 그냥 걷기만 해도
기분이 좋았습니다.
마치 모든 것을 새로 경험하는 듯했죠.
그냥 다니는 것만으로도 좋았지만
앞으로 어떻게 살아야 할지 고민이 많았습니다.
적지 않은 나이에다 건강 때문에
할 수 있는 일들은 제한적이었고 막막했습니다.

그 무렵 정말 오랜만에 무지개를 보았습니다.
정확한 날은 기억나지 않지만
여름과 가을 사이였던 것 같습니다.
선명하지는 않았지만,
하늘 위에 걸린 몇 가지 색들과
비 온 뒤의 상쾌한 흙냄새가 섞인
시원한 공기를 들이마시던 그 순간을
저는 지금도 잊을 수가 없어요.

그 무지개 덕분은 아니어도
그날의 기억은 어두웠던 기억 속에 컬러를 칠해주었고
답답했던 가슴속에 시원한 무언가를
불어넣어 주었습니다.

그리고 저는
다시 글을 쓰고 그림을 그리게 되었습니다.
인생의 고비마다 무지개를 만납니다.

가장 최근에 무지개를 만났던 것은
보라요정 님이 10년 동안 운영했던
가게를 정리하는 날이었습니다.
보라요정 님이 10년간
매일 가꾸고 돌보던 가게를 정리하던 날,
좀 기분 좋게 끝났으면 좋으련만
(사람 일이 다 생각처럼 되지 않듯이)
안 좋은 일들이 계속 있었어요.
그날, 보라요정 님은 결국 울음을 터뜨렸습니다.

짐을 다 빼고
마지막 청소까지 거의 끝마쳤을 때
우리는 바닥에 그어진
작은 무지개를 발견했습니다.

오전에 만난 그 무지개는
우리가 청소와 정리를 모두 마친 오후에는
딱 우리 시선 높이의 벽까지 올라왔습니다.

많이 속상하고 가슴 아팠지만
잊지 말라고 우리의 시선 높이까지
올라와 준 무지개.

"야아, 자기 가게 안에 마지막으로 무지개 떴다."

우리는 이렇게 말하면서 서로 웃고 밖으로 나왔습니다.

저 무지개가 진짜 무지개가 아니라는 것을 압니다.
하지만 그날 저 작은 무지개는 '진짜'였어요.
버리기 위해 내어놓은 장식장 유리를 통해
저 벽에, 바닥에 새겨진 그것이
우리에게는
진짜 무지개였습니다.

그날
우리 머리 위에는 작고 귀여운 무지개가 떴고
우리는 그 작지만 귀여운 무지개를 품고
또 한 번 살아남았습니다.

"오빠는 저런 식빵 보면 꼭 사더라."

외곽으로 나갈 일이 있었어요.
지나다 보니 아주 오래된 빵집이 보였습니다.
지금의 프랜차이즈 빵집이 아닌
낡은 상가 건물에 있는 오래된 빵집.
집기들도 세월을 고스란히 보여주듯 낡았지만
빵집은 정갈했습니다.
빵 몇 개를 사고 제가 마지막에 집은 것은
옛날 식빵이었습니다.
네모난 모양의 식빵이 아닌 크기는 조금 작고
위가 둥그런 모양의 식빵.
(빵집 마크가 아닌 빵 모양이 찍힌) 얇은 비닐봉지에 담긴
너무 말랑말랑해서 힘이 들어가 있지 않은 식빵.

지금이야 빵을 먹고 싶으면 언제든지 사 먹을 수 있고
작은 것 하나에 만 원이 넘는 조각 케이크도
'후후'(마음속으로 브이 자를 그려봅니다) 웃으며

사 먹을 수 있지만 어릴 적에는 그럴 수 없었어요.

초등학생 때 종종 일 나가신 어머니 마중을 나가곤 했습니다.

제가 살던 아파트는 꽤 커서 세 개의 단지로 이루어져 있었고

단지마다 상가가 하나씩 있었습니다.

집에서 전철역으로 가는 길에도

상가가 있었고 가끔 가는 빵집이 있었습니다.

어머니는 바로 집에 가지 않고 빵집에 들렀어요.

먹고 싶은 빵을 고르라고 했는데

저는 고민하다 식빵을 골랐습니다.

그러자 어머니는 살짝 고개를 저으며

커다란 맘모스 크림빵을 집어주셨어요.

어린이날에 어딘가를 가본 기억은

이제 남아 있지 않습니다.

아주 어릴 적에 간 것은 기억나지 않고

조금 자란 후에는 어딘가 갈 형편이 되지 못했습니다.

그러다 어른이 되었죠.

초등학교 시절, 어머니의 월급봉투를 본 적 있어요.

노란 봉투 위에 볼펜으로 눌러쓴 금액도 보았죠.

아무것도 모를 나이였지만, 적잖이 충격을 받았습니다.

'이 돈으로 우리가 어떻게 사는 거지?'

그때부터 저는 무엇도 얘기할 수 없었습니다.
무엇을 사라고 하면 가장 싼 것을 사야 미안하지 않았어요.

어머니는 그날, 빵을 사서 돌아오는 길에
말씀하셨습니다.

"헌재야, 내일 아무 데도 못 가서 미안해."
"아니에요."

저는 어머니가 식빵 말고 더 비싼 맘모스 크림빵을
사게 한 것 같아 미안했어요.
다음 날 어머니는 평소처럼 공장에 나가셨고
저는 하얀 우유에 딸기 크림과 흰 크림이 섞인
달디단 맘모스빵을 먹었습니다.
그날은 어린이날이었습니다.

늙으신 아버지가
보고 싶습니다

아마도 큰형의 초등학교(그 당시 국민학교)

졸업식이었지 싶습니다.

사진에서 제가 들고 있는 게 형이 받은 졸업장이고

목에 걸고 있는 게 학교에서 준 메달이었습니다.

뒤에 보이는 노란색 포니 픽업은 아버지의 차였고요.

아버지는 당시 작은 금성전자(지금의 엘지) 대리점을

하고 있었습니다.

그때 가게에서 배달도 가고 이래저래 사용하던 차가
바로 저 차였습니다.
뒤에 보이는 5층짜리 아파트는 당시 시영아파트였고
지금은 재개발되어서 거대한 아파트 단지가 되었습니다.
십몇 년간 재개발 이슈 덕분에
집값이 미쳐 날뛰었는데(지금과는 비교할 수도 없지만)
어린 시절 기억나는 순간부터 20년 넘게 살았던 곳이라
익숙하고 정이 든 곳이지만 재개발되기 전에 우리 가족은
아파트를 팔고 경기도 광주로 이사했고,
그즈음부터 집 사정이 매우 나아졌습니다.
하지만 아버지는 사정이 좋아지기 전,
그러니까 이사 가기 전에 돌아가셨습니다.
아버지 나이 59세에.

그 후 작은형, 큰형이 결혼하면서
새 가족이 생겼고 조카들이 태어났습니다.
아버지는 그전에 돌아가셔서 아무것도 보지 못하고
새로운 가족들도 만나지 못하셨죠.
저는 아버지와 사이가 좋지 않았습니다.
특히 돌아가시기 1년 전쯤부터 가장 나빴습니다.
아버지와의 관계는 좋지 않았지만
지나고 나니 다 아무것도 아닌 게 되더라고요.
아버지와 사이가 그나마 조금 덜 삐걱대던 때,

제 지병 때문에 서울에서 용인까지 병원에
절 데리고 다니면서
가끔 지나치는 스쿠프나 투스카니 같은
스포츠카(라고 하기엔 좀 그렇지만
당시 문 두 개짜리 차는 다 스포츠카였으니까)를 보면
이런 얘기를 종종 했습니다.

"나중에 돈 벌어서 아빠가 저런 차 사줘야지.
젊었을 때 저런 차 타야 멋있는 거다."

덜 삐걱거리기는 했지만,
그때도 그렇게 살가운 관계는 아니었고
좋지 않은 집안 사정에 그 빈 깡통 같은 소리가
참 듣기 싫었습니다.

'차는 무슨… 당신 삶이나 잘 살지!'

전 속으로 구시렁대곤 했습니다.

아버지가 돌아가신 후 면허를 따고 중고차를 샀습니다.
평생 차에 관심 없던 제가 처음 산 차는
문 두 개짜리 현대 투스카니였습니다.
시간은 그렇게 흘러갑니다.

미워하던 기억은 어느새 안타까움으로 변했고
안타까웠던 기억은 어느새 추억으로 반짝입니다.
아쉽다고 말해도 아무것도 할 수 없고
보고 싶다 생각해도
그냥 가슴에 묻어두고 가는 수밖에 없습니다.

아버지가 쓰러지시던 날 아침이 생생하게 기억납니다.
그때는 제가 몸이 아파서
방 밖으로 못 나가는 수준이었고
아버지와의 관계도 최악이었습니다.
거의 한 달간을 그 좁은 집에서
말 한마디 건네지 않고 지냈는데
그날 아침, 방문을 열고
아버지가 마지막으로 건넨 말은
"뭐 먹을 거라도 갖다 줄까?"였습니다.
아버지의 표정,
걸어가는 뒷모습.
저녁에 쓰러지셔서 병원으로 실려 가신 후
돌아가실 때까지 얼굴도 못 보고
아무것도 못 하던 그때의 일이
전 아직도 선명하게 기억납니다.

기억들.

사람은 종종 기억으로 살아남습니다.

아버지는 노란 차를 타고 가게에 나가기 전

매일 아침 100원씩 주셨습니다.

저는 매일 그걸 들고 아파트 뒤편 작은 구멍가게에 가서

어느 날은 깐도리도 사 먹고

어느 날은 오락도 하고

어느 날은 쫀드기도 사 먹고

그랬던 일들이 모두 기억납니다.

아버지와의 나빴던 기억은 이제 다 희미해졌지만

좋았던 기억은 점점 더 생생해집니다.

그래서 더 안타깝고 안타깝습니다.

가끔,

이렇게 아버지가 보고 싶습니다.

59세의 아버지가 아닌 늙으신 아버지를 보고 싶습니다.

용돈도 드리고 싶고,

제가 차를 운전해서 어딘가로 모시고 가고도 싶습니다.

제가 그림 그리고 글 써서 책 냈다고 자랑도 하고 싶고.

저는 그때보다 돈도 더 잘 벌고

더 좋은 차도 생겼는데 말입니다.

시간이란…

어떤 기억은

생생하게 조각해 놓고
어떤 기억은
흐릿하게 지워놓습니다.

아버지가 운전하는 노란 차 뒤 짐칸에 올라앉아
하드를 하나 물고 동네를 느릿하게 돌던
저녁이 떠올랐습니다.
그게 제 기억에 가장 멋진 오픈카였고
가장 예쁜 저녁 풍경이었던 것 같습니다.

아버지가 못 본 우리 조카들

(2009년 조카 4인조, 지금은 5인조!
다 컸…으…. 귀여움 상실-.-)

이 작은 고양이가
자신의 온도를 나누는 법

일상의 너무나 귀여운 순간

작은 고양이 오랑씨가

자신의 온도를 나눠주는 방법이 몇 가지 있습니다.

그중 하나는 배 위에 올라가는 것,

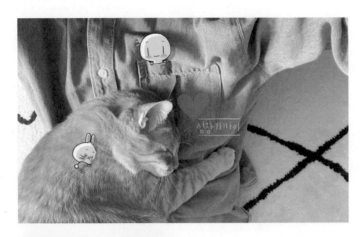

일명 '배냥이'라고도 하죠.

많은 집사들이 고양이들과 같이 잠을 자곤 하는데

저는 아토피로 인한 알레르기가 심해서

오랑이와 같이 잠을 자지 않습니다.

침실에는 거의 못 들어오게 하죠.

그래서 침실에서 자고 일어나면

그동안 못 봤다고(야! 그 시간이 얼마나 된다고!)

집사 에너지가 떨어진 오랑씨는

문 앞에서부터 울고불고 난리가 납니다.

그때 짠하고 침실 밖으로 나가면

저렇게 '배냥이' 모드가 되죠.

고양이들은 기분 좋으면

'골골송'이라고 그르렁 소리를 내는데

배 위에 올라간 오랑씨가

'골골송'을 불러대면

소리도 소리지만 온몸이 울려대는

진동이 어마어마합니다.

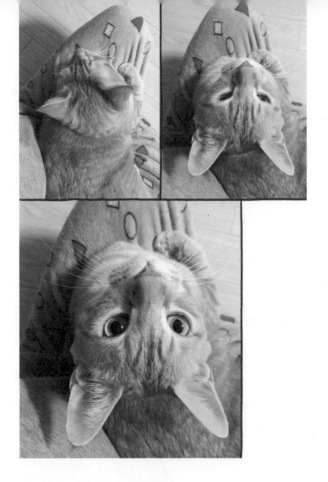

두 번째는 무릎에 올라가는 것.

일명 '무릎냥'이라고 무릎 위에 올라가서

인간을 방석처럼(?) 이용하는 아주 바람직한 자세인데

(왜냐하면 '배냥이'는 오래 하면 제가 숨을 못 쉬는 부작용이 있거든요!)

이때도 '배냥이'와 마찬가지로

'골골송'을 부르고 좋아합니다.

물론 '무릎냥'도 오래 하고 있으면

집사는 다리를 잃게 되죠.

(감각이 사라지는 시점이 오거든요!)

그리고 세 번째가….

이렇게 몸 한구석을 붙이고 있는 것입니다.
이때는 배나 무릎 위에 올라갔을 때처럼
'골골송'을 부르지 않고
건드리는 것도 그리 좋아하지 않아요.
그냥 가만히, 조용히
몸 한 부위를 붙이고만 있으면 됩니다.
이러고 있을 때 귀찮게 하면 녀석은 저만치 가버립니다.

같이 지내다 보니 참 신기합니다.
요 작은 털뭉치 녀석은 몸속에 온도 게이지가 있어서
너무 넘치면 나눠주고
모자라면 우리에게 받아 가곤 합니다.
이 세 번째는 거의 충전이 된 상태라
저렇게 살짝만 닿고 있으면 되는 것 같아요.
더 충전된 상태라면 그냥
보이는 공간에만 있어줘도 괜찮습니다.
아침마다 석 달쯤 못 본 것처럼 난리난리 울어대며
맹렬하게 배 위로, 무릎 위로 올라와서
골골대는 순간도 좋지만
슬그머니 몸 한구석만 붙이고 있는 순간도 좋습니다.
이런 녀석의 행동을 보면서 또 많은 것을 배우게 됩니다.
사람 사이의 관계도 그럴 때가 있잖아요.
꼭 끌어안아 줘야 할 때가 있고

적당히 거리를 유지해야 할 때가요.
그 순간순간의 온도를 잘 파악해야
서로에게 상처 주지 않으면서
잘 지낼 수 있으니까요.

아무튼 이런 작고 귀여운 순간들이 모여 하루가 되고
그 하루가 쌓여 한 달, 그리고 1년이 됩니다.

매일 넘치지 않게, 하지만 모자라지도 않게.
귀엽고 따뜻한 시간이 쌓이고
그걸로 또 괜찮게 살아남습니다.

행복은
요란하게 밀려오지 않는다

그 작은 벽 뒤에 바다가 있습니다

오랑씨랑 같이 살고 나서
우리는 여행을 가지 못하게 되었습니다.
원래는 매년 두 번 정도,
한 번에 일주일 넘게 제주에 있었는데
오랑이 혼자 두고 며칠을 비울 수가 없게 되었어요.
그사이 오랑이가 좀 아프기도 했었고
마침 코로나 시대가 되어버렸으니까요.

오랑이를 두고 여행 가는 게 쉽지 않은 이유는,
유난일 수도 있지만, 몇 가지가 있어요.
그중 가장 큰 이유는
오랑이가 우리를 너무 찾는다는 것입니다.
다들 괜찮다고 해서 오랑이가 온 뒤에
1박 2일 여행을 한번 다녀온 적이 있습니다.
(화장실도 큰 걸로 하나 더 준비해 놓고 여기저기 물그릇을 놓아두고
자동 급식기에 혹시 몰라 여분의 밥까지 준비해 놓았죠.)

겨우 1박 2일 다녀온 것인데 오랑이는 밥도 거의 안 먹고
예비 화장실은 아예 사용하지도 않았더라고요.
그리고 우리가 집에 들어서자마자
정말 너무너무 서럽게 우는 거예요.
오랑이는 길에서 만나 우리 집에 온 경우거든요.
그래서…

'또 버려진 거 아니야?'

이런 생각에 밤새 울었던 게 아닐까 싶었습니다.
그걸 보니 이런 생각을 하게 되었습니다.

'아, 이 녀석은 우리와 오래 떨어져 있으면 안 되겠구나.'

그때가 오랑이 온 지 1년도 안 지난 시점이라
조금 더 같이 살고 마음의 안정을 찾으면
나중에 여행을 가자고 생각하게 되었어요.

하지만 그 생각은 오래가지 못했습니다.
매일매일 몇 시간만 못 봐도 꾸엥꾸엥 울면서
우리를 찾아다니는 모습을 보다 보니
그게 그렇게 눈에 밟혀 여행을 갈 수 없게 된 것입니다.

'그래 여행 뭐 나중에 가지. 몇 년 동안 많이 다녔잖아.'

하루에도 몇 번이고 우리를 찾는 오랑씨.
엄마 찾았다 아빠 찾기를 반복하는데
길 생활을 해서 그런 것일까요?
처음 오랑이는 목줄도 있었고
분명히 사람 손을 탄 고양이였습니다.

그렇게 지내다 1박까지는 아니고 하루 시간을 내서
정말 오랜만에 바다를 보러 다녀왔습니다.
눈이 시릴 정도의 파란 하늘을 보았고
너무 뜨겁지 않은 적당한 볕과 딱 시원한 바람으로
아주 아름다웠고 넘치게 행복했습니다.

오랑이와 가족이 되고 나서 두 번째 보는 바다였습니다.

아침에 떠나 밤에 돌아온 짧은 여행이었지만
정말 오랜만에 본 바다로 행복했습니다.
오랑이는 데려오지 못했으니
바다 사진 위에 살짝 그려주고
같이 바다를 보았습니다.

집에 돌아오니 이 작은 털뭉치 녀석이
어찌나 반갑게 맞아주는지
아주 그냥 한 열흘 집을 비운 것 같네요.

강아지냐?

팬데믹 시절 행복의 많은 부분이 사라졌었습니다.
매일 카페에 가던 일상도,
산책하고 사람을 만나고
아무렇지도 않게 여행을 가던 그 평범한 행복들이요.

하지만 그때도
카페에 못 가는 대신 집에서 커피를 내려 마시고
일주일의 여행을 못 가는 대신 하루의 여행은 가능했으니
우리가 잃었던 행복이라는 것이
사실 언제나 잔잔하게 밀려와 우리 옆에 있었습니다.

우리는 언제나 작은 벽 앞에 앉아 있습니다.
제자리에서 고개 들어 바라보면
오로지 그 회색 벽만 보이지만
돌아보면 그 사이사이로 바다가 보입니다.
그리고 일어나서 그 벽 뒤로 나아가면,
그 벽 위로 올라가면 바다 전체를 볼 수도 있습니다.

행복은 요란하게 밀려오지 않아요.
조용하고 잔잔하게,
슬그머니 왔다가 어느새 사라집니다.
가려진 채로 발견하지 않으면
저만큼 밀려나 찾아오는지도 모르게 됩니다.

5년 동안 겨우 네 번 바다를 보았지만
그 네 번이 마흔 번보다 좋았습니다.

그 작은 벽 뒤에 바다가 있습니다.

그 작은 벽 뒤에 행복이 있습니다.

작지만

소중한

털뭉치들과

함께

매일매일

귀엽게

귀여운 거

그래서

20년 살아

남았습니다

코발트색 동해 (feat. 양양)

(하루가 안 되는 시간인데, 이게 뭐고!!!)

기분 좋은 사람들

결국 오래도록 살아남는 사람은

제주로 이사 가고 싶었던 적이 있습니다.
그래서 제주에 대한 정보를 찾기 위해,
열심히 웹 서핑을 하다 발견한 블로그 '슬로우트립'.
콘텐츠는 제주에서 집 짓기였는데
그 고난과 고난과 고난의 과정을 보면서
"왐마! 나는 집 못 짓겠다" 했었죠.

돌아다니는 시간보다
타의 반 자의 반 방구석에서 컴퓨터를 붙잡고 일하다 보니
웹으로 만난 친구들이 많은 편입니다.
슬로우트립의 한카피 님도 그중 한 분이에요.
본디 웹이라는 것의 가장 큰 즐거움 중 하나가
'보는 것'이고
그중 으뜸은 SNS라서 타인의 삶을 보며(이상한 거 아님)
좋아하는 분들의 일상에서
정보도 얻고 배우기도 하는 터라

많은 분과 교류하게 되었습니다.
제가 좋아하는 제주분들 중에
많은 분이 오조리에 살고 있습니다.
랜선으로 이어진 연은 보라요정 님과 저의
첫 제주 여행에서
오프라인의 연으로도 이어졌습니다.
오랑이와 같이 살게 된 후에는
반려견과 반려묘들의 성지
오조리 식구들과의 랜선 동질감이 훨씬 더 높아졌습니다.

오조리에는 시나(신아) 작가님과
반려묘(고양이계의 우주 대스타) 히끄도 있고
'츤데레'의 정석 한카피 님과 슈팅점장 님의
반려견 호이, 호삼, 반려묘 나무도 있습니다.
오조리 식구들은 길냥이들도 엄청나게 잘 챙겨주십니다.

그래! 이 집이야 싶었죠!!

나무나무 HOHO브로패밀리 환영축하♡ @perynail

한서나무(6주)

"거기 맛집 오브 맛집이야!"

"거기 집사들 인간미 쩐이다."

"터가 좋아!"

이런 소문들이 났는지 길냥이들이 많이 찾아가게 되었고

오조리 식구들은 길냥계의 큰손(?)으로

자리 잡게 되었습니다.

실제로 히끄도, 나무도

모두 길에서 오조리 식구들의 가족이 된 것입니다.

오조리 우주 대스타 히끄

오랑이도 길에서 헤매다 저희와 연이 닿았고,

우리 집에 오기 전에 밥을 주던 분이 계셔서 버틴 것을

나중에 알았기 때문에 오조리 식구들의 모습을

보고 있노라면 뭔가 고맙고 마음이 따끈해집니다.

SNS는 가끔 사람을 질리게 하고

뜨악할 사건들도 많지만 언제나 그 반대편에는

차가운 랜선을 타고 오는 따뜻한 감동이 있어요.

타인의 삶을 들여다보는 것은

그것 자체로 살아가는 힘이 되기도 합니다.

'우리가 오랑이와 같이 살 수 있을까?'

오조리 사슴 호삼이와
슈팅점장 님

그리고 한카피 님

용기를 내어 생각해 보게 된 것도

오조리 식구들의 모습을 봐왔던 것이

이유 중 하나일 것 같습니다.

우리는 누군가의 응원을 받고

누군가를 응원하며 살아갑니다.

물론 한쪽에서 누군가는

타인의 삶을 파괴하고 훔치고 밟고서 살아가지만

결국 오래도록 살아남는 사람은

서로 손을 잡아주고 꼭 안아주는

사람들이에요.

보고만 있어도 기분 좋은 사람들을 발견하면
그림을 그립니다.
그리고 그 그림을 선물했을 때
그 사람이 좋아해 주면
그 에너지로 다시 살아낼 수 있어요.

제주도 오조리에는
정말 좋은 사람들과
귀여운 고양이, 멋쟁이 강아지들이 삽니다.

모두를 안고 있는 호이와 오조리 슬로우트립 식구들

우리 집 장롱은
세상에서 제일 큰 보온밥솥이었다

겨울이었습니다.

초등학생 때 보온밥솥이 고장 난 적이 있었습니다.
보온밥솥?

'고장 나면 사면 되잖아.'

하지만 그때 우리 집은 당장 전기 보온밥솥을
살 수 있는 형편이 되지 못했습니다.
아침에 어머니는 일 나가시기 전
밥을 넣어놓을 데가 없으니
큰 스댕(스테인리스를 그렇게 불렀습니다) 통에 밥을 담아서
장롱 속 이불 사이에 넣어놓고 가셨죠.
그나마 보온이 되라고 말입니다.
학교에서 돌아오면 장롱을 열고 이불 사이에 손을 넣어
밥을 꺼내 먹고 다시 스댕 통을 넣어놓았습니다.
생각해 보면 참 우울한 시절이지만
저는 그때 그런 감정을 느끼지 못했습니다.

제 기억 속의 그 장롱은 재미난 공간이었습니다.
장롱 안은 이불로 전부 채워지지 않아서
맨 위에 공간이 있었는데 가끔 장롱에 들어가 문을 닫고
겹겹의 이불 위에 올라가 있으면
그렇게 푹신할 수가 없었습니다.

'침대에 누우면 이럴 것 같은데!'
(그때까지 침대에 누워본 적이 없었습니다.)

초등학교 저학년, 앞 번호에 서는 작은 몸이
자신의 키만 한 이불 더미 위에 올라가 파묻히면
놀이기구 타는 것처럼 즐거웠습니다.
거기다 장롱 문을 닫으면
뭔가 아늑한 어둠 속에 놓이게 되는데
살짝 벌어진 문틈으로 들어오는 빛 타래들 덕분에
그 작은 공간에 들어찬 어둠은
암흑처럼 무서운 어둠이 아닌
마치 영화가 시작되기 전,
불 꺼진 극장의 설레는 따뜻한 어둠이라
이런저런 상상을 하기 딱 좋았었죠.

아무튼 그런 장롱이 이제 커다란 보온밥솥이 된 것입니다.
학교에서 돌아와 장롱을 열고 이불 사이로 손을 넣어

밥통을 꺼내는 그 일이 저는 재미있었습니다.
아주 일찍 꺼내 먹는 날은
맨손으로 꺼내지 못할 정도로 뜨거웠고
저녁 즈음이 되면
미지근해졌던 동그랗고 커다란 스댕 통.

어리다고 가난을 모르는 것은 아닙니다.
보온밥솥을 살 수 없을 정도의 형편이라는 것을
모를 나이가 아니죠.
지금은 그때의 기억이 달달하게
덧칠해진 것일 수도 있지만
그때 우리 가족은 그렇게 우울하지 않았습니다.
아니 적어도 저는 그랬던 것 같습니다.
그건 어머니가 보여준 강인한 모습 때문이기도 합니다.

"밥솥이 고장났네."
"지금 밥솥을 살 수 없어."
"그럼 밥을 여기에다 둘 테니 꺼내 먹어."

그럼 우리는 당연한 듯 밥을 꺼내 먹는
이런 흐름으로 이어졌습니다.
우리 집의 고단한 일들은
이런 과정으로 늘 해결되었습니다.

어린 시절부터 이렇게 차곡차곡 쌓인 기억은
지금의 저에게 고스란히 남았습니다.
무슨 일이 생기면
어쩔 수 없는 일이 생기면
방법을 찾아 그냥 다음 스텝으로 넘어가는 겁니다.
무언가 있다가 없어졌을 때
잘 넘어가는 방법,
그것을 익히면 살아남는 데 큰 도움이 됩니다.

그해 겨울 내내
우리 집 장롱은
세상에서 가장 큰 보온밥솥이었습니다.

매일매일 귀엽게

매일매일 귀엽게

매일매일 귀엽게

매일매일 귀엽게

매일매일 귀엽게

매일매일 귀엽게

그렇게 살아간다

지금 하는 일의 결과를 보고 싶다면

미래의 내가
과거의 나를 살리다

시간 여행을 다룬 100만 25가지 영화 중에

가장 좋아하는 영화를 꼽으라고 하면

언제나 전 〈백 투 더 퓨처〉를 떠올립니다.

1985년에 나왔으니

30년을 넘어 40년을 향해 가는 오래된 영화인데도

생각날 때마다 이 영화를 봅니다.

전반적으로 흐르는 유쾌한 톤도 좋지만,

영화에 등장하는 많은 아이템과 사건들이
다 제가 좋아하는 것들이거든요.
마티가 기타 치고 밴드 하는 것도,
타임머신이 자동차라는 것도,
그 자동차가 드로리안이라는 것도.

어릴 적 처음 〈백 투 더 퓨처〉를 보고
그 두근거리는 마음이 얼마나 오래가던지
몇 날 며칠 밤을 드로리안을 타고
과거로, 미래로 가는 상상을 하며
즐거워했던 기억이 있습니다.

지금도 가끔 과거로 가고 싶을 때가 있습니다.

문득문득 나의 잘못된 선택을, 바보 같은 실수를
다시 조우하게 될 때마다
〈백 투 더 퓨처〉의 드로리안을 떠올립니다.

'과거로 돌아간다면 그런 선택을 하지 않을 수 있을까?'

바꾸고 싶은 기억들, 되돌리고 싶은 선택들 말입니다.
만약 정말로 드로리안을 타고 과거로 날아가서
그 과거의 흔적들을 바꾸고 지운다면

과연 지금의 나는 더 좋아지게 될까요?

지금도 가끔 미래로 가고 싶을 때가 있습니다.
반복되는 선택의 갈림길에서
어떤 선택이 가장 최선일까 고민되는 순간
또 드로리안을 떠올립니다.
88마일의 속도로 달려 미래로 건너가
결과를 살짝 보고 나면 더 나은 선택을 할 수 있을까 해서요.

사실 제게는 저만의 드로리안이 있습니다.
과거로 가는 드로리안은 30년이 넘게 써온 일기이고
미래로 가는 드로리안은 역시
매일 일기장에 쓰는 계획과 스케치들입니다.
옛날 일기장을 펼쳐서 그날을 찾아보면
어떤 날은 흐릿하게
어떤 날은 선명하게 과거로 돌아갑니다.

'아, 나는 이때 이런 선택을 했구나.
그래서 지금의 나는 이런 모습이구나.'

그리고 다시 드로리안을 타고 지금으로 돌아와
미래로 건너가기 위한 계획을 세웁니다.
한 20년쯤 그리다 보면

지금 하는 일이 어떤 결과를 보여줄지
어렴풋이나마 알 수 있게 됩니다.

과거의 점에서 줄을 그어 현재로 온 다음,
그 줄을 미래로 긋는 일이 제가 할 수 있는 최선입니다.
과거를 바꾸는 것도 미래를 보는 것도
모두 현재의 내가 그 둘을 어떻게 이어주느냐에 따라
고쳐지고 달라집니다.

〈백 투 더 퓨처〉를 처음 본 해는 기억나지 않지만
하나의 별처럼 박힌 기억은 2000년 겨울,
두 평도 안 되는 작은 방에서 너무 아파 끙끙거리다
'죽을까?' 하는 생각으로 작은 창문을 열었을 때
그 작은 창문 사이로 보이던 유난히 까맣던 하늘입니다.
그 하늘을 보면서
이상하게 〈백 투 더 퓨처〉의 드로리안이 떠올랐습니다.
미래의 내가 날아와서 지금 나를 본다면, 뭐라고 말할까?

한참을 그렇게 바라보다
작은 방 안이 차가운 공기로 가득 찰 즈음
저는 창문을 닫고 컴퓨터를 켜고 그림을 그렸습니다.
그날, 미래에서 드로리안을 타고 온 나는
과거의 나를 구해주었습니다.

나의 낭비된 시간에 관하여 1 :
대학을 두 번 들어갔습니다

미 술 반

저는 대학을 두 번 들어갔습니다.

1995년에 한 번, 1998년에 한 번.

1995년에 들어간 학교는 국민대학교,

1998년에 들어간 학교는 국민대학교.

어? 오타 아닌가요?

아니요, 같은 학교에 두 번 들어갔습니다.

다만 과가 달라요.
1995년에 들어간 과는 금속공예과였고
1998년에 들어간 과는
새로 신설된 미술대학의 회화과였습니다.
그전까지 국민대에는
조형대학이라고 디자인과만 있었는데
1998년에 예술대가 신설되고
음악, 미술, 연기 쪽이 새로 생겼죠.

고등학교 때 미술반이었습니다.
인문계 고등학교라서 그냥 형식적으로
금요일 오후에 미술실에 모여 노는 정도의,
특별활동이라 부르기도 뭐한 그런 반이었습니다.
미술선생님은 제가 그림 그리는 것을 보고
말씀하셨습니다.

"너 미대 갈 거야?"
"모르겠는데요. 어떻게 해야 하는 건지."
"이거 한번 그려봐라."

선생님은 완성된 비너스 데생 사진 하나를 주고
똑같이 그려보라고 하셨어요.
인문계 고등학교니 따로 시간이 있는 것은 아니고

특별활동 시간하고 학교 끝난 뒤에 그려서
한 일주일 만에 완성한 것 같아요.
물론 아무런 기초도 없는 제가 그린 그림은
그냥 시커먼 비너스(라고 부르기에도 민망한)였습니다.
선생님은 그걸 보더니 데생의 기본을 살짝 알려주셨어요.
그리고 며칠 있다가 말씀하셨습니다.

"너, 미대 가려면 미술학원 가라."

학원에서 저는 당연하게(?) 디자인 반에 들어갔습니다.
왜인지 모르겠지만
그냥 디자인을 하는 게 맞는다고 생각했어요.
친구들도 거의 디자인 반이었고요.
그때의 입시는 지금의 입시와 많이 다른데
'데생'이라 부르는 석고 소묘와
'구성'이라 부르는 디자인 수업이 있었습니다.
나중에 알게 되었지만
저는 '구성' 수업과는 맞지 않는 아이였는데
디자인과에 가려면 그냥 하는 수밖에 없었어요.
뭐랄까 컬러 감각이 없었고
칼 같은 칠이 불가능한 아이였습니다.
다만 좋아하는 것은 데생이라서
석고 그리는 게 큰 즐거움 중 하나였습니다.

데생은 좋아하니 실력이 계속 늘었고
구성은 싫어하니 지지부진 잘하지 못했습니다.

1995년 입시,
운 좋게 제가 지원한 대학 중에 가장 커트라인이 높은
국민대에 붙었습니다.
당시 국민대는 소묘로만 시험을 봤거든요.
보통 석고는 아그리파, 줄리앙,
비너스 같은 소형 석고부터
중형·대형 석고로 나뉘어 있는데
국민대는 어려운 대형 석고들 위주로 나왔습니다.
(아리아스, 몰리에르, 투사 같은 석고들이죠.)
합격은 했지만 과는 전혀 생각하지 못했습니다.
국민대에 지원은 하고 싶으니,
점수를 맞추려고 진짜 가고 싶은 과가 아니라
그나마 가능한 과에 원서를 넣은 것이죠.
문제는 제가 가위질도 잘 못하는,
그러니까 평면에 그리는 작업은 좋아하는데
무언가 만드는 입체 작업은
정말 싫어하고 못하는 사람이었다는 거죠.
그런데 금속공예과에 들어갔으니
이건 뭐 망치질이며 톱질이며 잘할 리가요.
1학년 수업 초기에 제가 망치질과 톱질하는 것을 보던

선배 형이 말했습니다.

"야, 너 데생 안 했냐? 왜 이렇게 못해. 비켜봐."
'선배님! 저 학원에서 애들 데생 가르치…. -_-;;'

물론 장난처럼 얘기한 것이지만
일단 대학만 들어가자 하고
그 뒤는 아무 생각 없었던 저는
그야말로 혼란의 도가니에 빠졌습니다.
부담스러운 학비도 문제였지만
그때부터 스멀스멀 건강이 더 안 좋아졌어요.
결국 학교는 거의 나가지 않게 되었고
1년 뒤에는 휴학하게 되었습니다.
저녁에 학원에서 아이들 가르치는 일만 했죠.

1년이 지나고 저는 학교에 가서 교수님과 상담했습니다.

"학교를 그만두려고요."

교수님은 이유를 물었습니다.

"제가 해보니까 입체 작업과는 잘 안 맞는 것 같습니다.
그림 그리는 회화과를 생각하고 있습니다."

교수님은 잠시 생각을 하시더니….

"헌재야. 그… 그 나중에 너 금속에다가도
그림 그릴 수 있다."

"네…(그건 좀… -_-;;)."

다시 입시 준비를 시작했습니다.
원래 다녔던 학원에 양해를 구하고
그 학원에서 3일은 데생을 가르치고
나머지 3일은 소개받은 홍대 앞 학원에서
수채화를 배웠습니다.
3일은 선생, 3일은 학생, 반반 인생이 시작되었습니다.

나의 낭비된 시간에 관하여 2 :
이 방에서 제일 잘 그려야 하는데

홍대 앞의 미술학원을 소개받아

수채화 수업을 받았습니다.

워낙 잘하는 선생님들이 계신 곳이었고,

역시 이번에도 학원비(?) 때문에 가게 되었죠.

그러니 꼭 좋은 대학에 붙어서

합격생으로 이름 하나 올리는 것으로

보답해야 하는 책임이 있었습니다.

늦게 시작한 데다 학과 성적도 좋은 편이 아니라

무조건 그림을 열심히 하는 수밖에 없었습니다.

그 당시 홍대입구역에서 성내역(지금은 잠실나루역)까지

가는 마지막 전철은

11시 20여 분 언저리에 탈 수 있었습니다.

학원에서 마지막 전철 시간을 최대한 맞출 수 있을 때까지

그림을 그리다 마지막 순간에 달려 나가곤 했습니다.

꼭 저만 그런 건 아니고

그때 학원에 있던 동생들이 다 그렇게 열심히 했어요.

목표한 학교는 홍대 회화과 하나였습니다.

지금도 그런지는 모르겠는데

당시에는 (공식인지 비공식인지는 모르겠습니다)

일단 같은 성별 중에서 제일 잘 그리면

들어갈 수 있다는 이야기가 있었습니다.

점수가 낮아도요.

실제로 제 주위에 도저히 들어갈 수 없는 점수임에도

합격한 선배 형들이 있었어요.

말이 좋아 그림으로 들어갈 수 있었다는 거지

전국에서 난다 긴다 하는 수험생 중에

(특히 회화 계열은 장수생이 유독 많았습니다)

거의 꼭대기를 찍어야 한다는 이야기였습니다.

성적과 실기를 잘 맞춰서 가는 것보다

더 힘들 수도 있었습니다.

하지만 학과 점수로는 가능성이 없는 제가

홍대를 지원해서 붙는 방법은 저것뿐이었습니다.

그래도 데생은 입시생 가르친 것만 3년이고

나름대로 최선을 다하면 가능성이 있다고

생각했습니다.

홍대 실기시험 날.

나름 비장한 마음으로 실기시험장에 들어갔습니다.

일단 그 방의 남자 중

제일 잘 그려야 그나마 가망 있으니

매의 눈으로 빠르게 방 안을 스캔했습니다.

회화과는 장수생들이 많아

한눈에 위험인물들을 알아보고 체크했죠. (-_-::)

다행히 어려운 석고가 나왔습니다.

여기저기서 탄식이 나왔지만

저는 속으로 쾌재를 불렀습니다.

'후후, 내가 저 석고만 100만 25번 그렸다!'

(약간 거짓말 보태서요. -_-;;)

저는 시작과 함께 빠르게 그림을 그려나갔습니다.

워낙 데생을 많이 해서

기본적인 것들을 많이 외우고 있었으니

(한국 입시 미술의 폐해 -_-;;)

다른 친구들보다 훨씬 빠르게 그릴 수 있었습니다.

실기시험도 일종의 기세입니다.

(〈타짜〉의 '섰다'만 기세가 아닙니다.)

특히 고3 현역인 경우는 주변에

빠르게 치고 나가는 사람이 있으면,

(심지어 기본 명암을 깔 때 꽉꽉꽉

연필 소리를 내면서 기를 죽이기도 해요)

그거 신경 쓰다가 조바심에 망치는 경우가 종종 있어요.

네 시간의 시험 시간 동안

자신이 그동안 연습한 페이스대로 해나가야

최상의 결과를 얻을 수 있는데

그게 흔들리면 거의 망치거든요.

한 시간 정도 그린 뒤에

뿌듯한 마음으로 실기실을 한번 둘러보았습니다.

일단 저보다 잘하는 남자는 없는 것 같았…는데!!!!

한 사람이 꽤 잘 그리고 있는 거예요.

눈에 확 들어오는 그림은 아니지만 저렇게 진행하면
틀림없이 좋은 그림이 나올 만한 과정이었습니다.
저도 나름 강사를 하면서
교수님들의 평가도 많이 들어보고
입시에서 어떤 그림이 좋은 점수를 받는지 아니까
대충 보면 그림이 어느 정도 나올지
대략 알 수 있었거든요.

'이 방에서 제일 잘 그려야 하는데…'

평온하던 마음이 요동치기 시작했습니다.

'더 진행하면 망치겠지…'

신경이 쓰이기 시작했어요.
손은 제 도화지 위에서 분주히 움직이는데
눈과 온 신경은 그 사람 그림에 가 있었어요.
두 시간이 지났을 때, 다시 일어나서 슬쩍 봤는데….

'망쳐라, 망쳐라, 망쳐라!!'

그쪽 그림은 훨씬 더 좋아져 있었습니다.
반면 제 그림은…

원래 그리던 그림보다 별로였고요.

이대로 가면 떨어지는 것은 기정사실.

아까보다 심장이 더 빨리 뛰기 시작했습니다.

'안 망치네….'

무언가 필요했습니다.

나의 낭비된 시간에 관하여 3 :
간절히 원하면 우주가 들어준다?

시간이 지나도 그 사람은 그림을 망치지 않았습니다.

'필살기!! 필살기가 필요해! 남은 시간은 두 시간,
그동안 저 사람보다 더 잘 그려내야만
그래도 기대해 볼 수 있다.'

간절히 원하면 우주가 들어준다!!!!

네.

그런 거 없어요.

그냥 이런 생각을 하는 순간 떨어졌다고 보면 됩니다. (-_-;;)

제가 몇 년 동안 입시생을 가르치면서 실기장 가서

절대로 하지 말라고 한 것들, (남의 그림을 보되 그것을

따라 하지 마라, 잔재주, 소위 테크닉을 쓰지 마라, 교수님들은 다 안다,

그동안 연습한 시간 순서대로 해라, 전체적인 완성도가 중요하니

부분만 파고 있지 마라, 학원에서 하지 않던 거 입시장에서 하지 마라)

그것들을 제가 다 하고 나옵니다.

시험이 거의 막바지에 이르렀을 때

마지막으로 제가 확인한 그 사람의 그림은 잘 받으면

에이 플러스, 적어도 에이 제로, 제 그림은 아무리 잘 줘봐야

에이 마이너스, 아니면 더 낮을지도 모를 그림이었습니다.

'떨어졌네….'

시험이 끝나고 홍대에서 내려오는 언덕은

그 어떤 언덕보다 길게 느껴졌습니다.

처음에는 홍대 회화과만 준비하고 있었는데,

그해 국민대에 예술대학이 신설되면서

회화과가 생겼습니다.

저는 홍대는 떨어지고 국민대 회화과에 붙었습니다.

홍대에 저랑 같은 실기실에서 시험을 봤던,

제가 잘 그린다고 느꼈던 그 남자는 합격했습니다.

(수험번호를 외워놨음.)

입학한 후 며칠 지나지 않아 교수님이 부르셨습니다.

"헌재야, 너 이 학교 다녔어?"

"네? 예… 예전 95년도에 1년 다녔습니다."

"자퇴 안 했나?"

"그… 그냥 제적당한 줄 알았는데요…."

"너 이중 학적으로 나오니 가서 자퇴하고 와라."

교수님 말씀을 듣고 나가려는데….

"야, 너 또 학교 관둘 거지?"

"아니요. 저 진짜 어렵게 들어왔습니다. 잘 다닐 거예요."

"그래. 너 그러면 과대표 해라."

4수의 나이로 학교에 들어간 저는

그 학기 과대를 했고 그다음 학기에 휴학을 했고

결국 학교를 그만두었습니다.

학교를 그만둔 이유는 여러 가지였습니다.

학비 문제도 있었지만, 결정적으로 제 발목을 잡은 것은

이번에도 건강 문제였습니다.

인생의 한 장을 끝내고 다음 장으로 넘어갈 때

언제나 저를 넘어뜨리거나 뒤통수를 잡아챈 것은

건강 문제였습니다.

두 번의 입시, 4수의 나이, 그동안 쏟았던 시간.

나는 나의 시간을 낭비한 것일까?

그때는 생각이 많았습니다.

약간의 원망도 있었고 잠시 가라앉기도 했습니다.

하지만 저는 매우 빠르게 회복되었습니다.

내가 어쩔 수 없는 것들, 내 탓이 아닌 것들 때문에

나를 힘들게 할 필요가 없었습니다.

학비가 없었던 것도, 아토피로 몸이 안 좋은 것도

다 내 잘못이 아니었거든요.

원하던 홍대는 떨어졌지만 어떤 마음을 가지면
내 그림을 못 그리게 되는지를 경험했죠.
다른 이의 그림이 망하길 바라며 내 그림을 그리면
절대 '내 그림'을 그릴 수 없다는 것을.
다른 이를 보고 내 속도보다 과속하면
내가 가진 기술보다 과한 기술을 사용하면
바닥이 드러납니다.
그것은 남의 인생에 지나치게 몰입하면
내 인생을 살 수 없다는 것과 같은 것이었습니다.

입시를 준비하는 동안
학원에서 너무나 좋은 사람들을 만나고
평생을 가져갈 좋은 배움을 받았습니다.
졸업의 기쁨은 누리지 못했지만,
대신 입학의 기쁨을 두 번이나 느꼈고
짧은 기간 다닌 학교에서도
좋은 사람들을 많이 만났습니다.
그사이 있었던 수많은 일들은 제 발목을 잡았을지언정
저를 완전히 묶어두지는 못했습니다.

제가 그때 낭비한 시간은 어느 순간 간직할 만한 것이 되어
고스란히 커다란 자루에 담긴 채 내 안에 남았습니다.
그리고 위기를 만날 때마다 꺼내 쓸 수 있었죠.

버려야 되는 시간을 붙잡고 있으면
지금의 시간이 낭비되고 간직할 만한 시간을 버리지 않으면
지금의 시간이 늘어납니다.

그때 저는 시간을 낭비한 게 아니라
시간을 신나게 썼습니다.

추신
;
좋은 그림은 좋은 마음으로 그릴 때 그려집니다.
귀여운 그림은 귀여운 마음을 가지… 아!!!! -0-

1997학년도 수능 시험표

(첫 번째, 홍대 회화과 지원)

수 험 표

1998학년도

수험번호	* 6101216
성 명	정 헌재
제1지망	미술 대학 회화 학부(과) 전공
제2지망	(※ 농어촌특별전형 지원자에 한함) 대학 학부(과) 전공

수험생 전화번호	
접수번호	* 6101143

홍익대학교

1998학년도 수능 수험표

(두 번째, 홍대 회화과 지원, 결국 두 번 다 낙방)

시간이 느리게 가면
생각이 사라지고

경기도 광주에 살 때였습니다.

늦은 밤 집으로 돌아오는 3번 국도 코너 길에서

역주행하던 차와 정면충돌할 뻔한 일이 있었어요.

그때 제 차가 작은 차였고 그 코너를 돌면 바로 신호가 있어서

위험한 구간이라는 것을 알고 있었기에

속도를 미리 줄여서 천만다행이었지,

정말 그대로 정면충돌할 뻔한 위험한 순간이었습니다.

시간이 꽤 지났음에도 그날의 일이 생생하게 기억나는 것은

정말 그 순간에 시간이 느리게 갔기 때문입니다.

코너에 진입하면서 속도를 꽤 줄이고 돌아 나오는데,

눈앞에서 번쩍하는 거예요.

마치 슬로모션을 걸어놓은 듯 정면으로

달려오는 차가 보이고 그 짧은 찰나의 순간,

머릿속에 온갖 생각이 터질 듯이 떠오르며

마구 지나쳐 갔습니다.

'나는 지금 무얼 해야 하나?

핸들을 돌려야 하나, 브레이크를 밟아야 하나?'

새벽 시간이라 차가 없어서
다행히 옆 차선으로 피할 수 있었고
그 차가 제 차를 스칠 듯이 지나가는
그 긴박하고 빠른 순간이
토막토막 이어지는 게 보였습니다.
너무 놀라고 가슴이 쿵쾅거려서
국도 옆으로 이어지는 가게 주차장에 차를 세우고
둥둥둥거리는 마음을 진정시켰습니다.
운전을 잘했다거나 대처를 잘한 게 아니고
정말로 운이 좋았습니다.
역주행하던 차와 제 차의 속도가 서로 조금만 빨랐어도
각도가 조금만 틀어졌어도
아니면 수많은 일들의 오차가 조금만 더 있었어도
사고를 피할 수 없었을 겁니다.

언젠가 비슷한 일을 경험했습니다.
시간이 느리게 가는 경험이요.
또 사고가 날 뻔했냐고요?
아니요. 아무 일도 일어나지 않았습니다.
아니, 일이 일어나긴 했죠.
가장 평화로운 일.
보라요정 님과 해가 뉘엿뉘엿 사라져가는 시간에
커피를 내려서 마시고 있었습니다.

해결해야 하는 문제가 있어서
어찌할까 얘기를 나누고 있었고
오랑씨는 저만치 창가 앞에 앉아 있었어요.
아직 완전히 어두워지지 않아서
그리고 제가 눈이 아파서
집 안의 불을 켜놓지 않고 있었습니다.
거실은 온통 사라져가는 해의 빛으로
조금씩 물들어 갔습니다.
붉은색도 있고 노란색도 있고
뭐라 딱 정의하기 힘든 색도 있었습니다.
시간이 느리게 갑니다.
그 순간은 아무것도 머릿속에 들어오지 않았습니다.
아니 들어올 필요가 없었어요.
우리는 그냥 사라져가는 해를 바라보며
말없이 커피를 마시며
창밖을, 집 안을, 오랑이를, 서로를 바라보았습니다.
그리고 고민하던 일의 결론을 금방 낼 수 있었습니다.

그 후로도 비슷한 경험을 할 때마다 느끼는 게 있었습니다.
위기의 순간에 시간이 느리게 가면
생각이 많아진다는 것과
행복한 순간, 평화로운 순간에 시간이 느리게 가면
생각이 사라진다는 것.

두 가지 다 시간은 느리게 가지만
몸이, 머리가 반응하는 게 극과 극이더라고요.
그러고 보니 생각이 지나치게 많아져서 괴로워지면
그게 언제나 위기였고
오히려 생각이 많을 법한 일을 빨리 털어내고 줄이면
제 안의 평화가 찾아오더라고요.

당신이, 우리가 평화로워서, 행복해서
느리게 가는 시간 안에 더 오래 머물길 바랍니다.

그때가 아니면 안 되는 것들 1 :
내 인생, 가장 신나는 파티

1999년 성수동의 합주실에서 4트랙 아날로그 녹음기로 만든 데모 앨범

또 믿어지지 않는 이야기를 해보겠습니다.

앞의 "어느 곱슬머리에 관하여"에서 쓴 것처럼

저는 무려 5년간 머리를 길렀습니다.

그리고 새빨간색으로 염색했었고요.

뱀 무늬 바지와 표범 무늬 티셔츠를 입었었습니다.

웃통을 벗고 헤드뱅잉을 했었습니다.

가끔 생각해 보면 아득해지는 일이 있습니다.

1999년의 제가 그랬습니다.

그해에 저는 클럽에서 만난 형들과 1년간 밴드를 했습니다.

저만 실력이 바닥이었고 형님들은 모두 프로였습니다.

어찌어찌 제가 형님들 등에 올라타

클럽에서 일주일에 두 번 이상을 공연하고

매일 합주실에 나가는 행운을 누렸습니다.

"텐션이 낮았다면서요?"

예. 맞아요.

저는 텐션이 낮은 사람이었습니다.

그런데 공연한다고만 하면 그 텐션이 미칠 듯이

올라가는 그런 사람이었습니다.

아토피가 있는 사람은 대부분 비염이랑 천식이 동반됩니다.

저도 그랬어요.

사실 그러면 노래를 못 하는데

그해, 저는 제 인생에서 가장 강한 스테로이드 처방을

받고 있었습니다.

(오해하지 마세요. 제 마음대로 그런 게 아니고 의사가 처방해 준 것입니다.)

지금도 저는 제가 그때 받은 처방의 정확한 용량을

모르지만 일단 하루 두 번 먹는 약은 한 움큼이었고

일주일에 두 번 병원에 가서 주사제를 맞았습니다.

두 번째 병원에 갔을 때는 주사를 두 대씩 맞아야 했죠.

당연히 비염도 사라지고 컨디션도 좋았습니다.

그 덕분에 1년 동안 홍대에서, 대학로에서

매번 신나게 놀았습니다.

공연의 끝에는 항상 웃통을 벗었습니다.

한 시간 내내 머리를 돌리고 소리를 질러도

목이 아프지 않았어요.

어쩌면 제 인생에서

가장 크고 시끄럽고 신나는 파티였습니다.

파티는 1999년 12월까지

딱 1년 동안 신나게 타올랐습니다.

파티가 끝나면 정산하죠.

2000년이 되고 제 파티는 끝이 났습니다.

밴드는 헤어졌고

저는 반강제적으로 스테로이드를 끊어야 했습니다.

너무 과하게 사용해서 병원에서 그래야 한다고 했거든요.

과다하게 스테로이드를 사용하다 갑자기 끊으면

리바운드라고 해서 증상이 폭발적으로 심해집니다.

요즘은 스테로이드 끊는 것도

의사 선생님과의 상의하에

테이퍼링이라고 점진적으로 줄여나가며

부작용을 최소화하는데

그 시절에 저는 그런 것도 없었습니다.

스스로 무지한 데다

잘못된 병원과 의사를 만난 탓도 컸습니다.

저는 꽤 오랜 시간 정산을 했습니다.

제 잘못이 아니었지만 제가 누렸으니,

제가 지불해야 했습니다.

5년간 기른 머리는 집에서 제 손으로 잘랐습니다.

머리가 너무 많이 빠져서 도리가 없었어요.

빡빡 미는 것이어서 그리 어렵지 않았지만

상처가 심하게 나 있는 상태라서

가위로 듬성듬성 잘라 쥐가 뜯어먹은 것처럼 되었죠.

괜찮아졌던 비염은 몇 배로 더 심해져서 불편해졌고

숨이 차니 목소리를 녹음해 보면

늘 거친 숨소리가 들어갔습니다.

(지금도 말하는 것을 녹음하면 숨소리가 크게 들어갑니다.)

인생에서 가장 크고 요란한 파티를 벌이다

가장 조용한 곳으로 들어간 셈이었습니다.

집에만 있어도 그림을 그리고 글을 쓸 수 있으니,

그것으로 큰 위로가 되었습니다.

하지만 노래를 부르지 못해서 너무 슬펐습니다.

그 사정을 알던 음악 하는 친구가 집에 와서

제 컴퓨터에 음악 프로그램을 깔아주고

마이크를 연결해서 노래를 부를 수 있게 해주었습니다.

누구나 삶에서

일탈 같은 것을 해보고 싶을 때가 있을 거예요.

제게는 그때가 그랬습니다.

일탈이라기보다 좋아하는 것을 최대한 해보는 거지요.

저는 술도 마시지 않고 담배도 하지 않습니다.

게임도 거의 하지 않죠.

오로지 오락이라고 할 만한 것이

노래 부르는 것뿐이었습니다.

(아! 커피 마시는구나! 아, 달달한 거 먹는구나!)

머리를 기른 것도, 그 머리를 빨갛게 염색해 본 것도,

사람들 앞에서 웃통을 벗고 방방 뛰는 것도

(피부가 괜찮았다면 문신도 크게 했을 거예요)

해보지 않았다면 평생에 후회로 남았을 겁니다.

그걸로 먹고살 만한 재주가 아님은 진즉에 알았고

그저 제가 좋아하는 것이니 한번 해보고 싶었습니다.

그리고 그때가 제게는 그럴 기회였습니다.

그때가 아니면 안 되는 것들이 있어요.

지나가 보면 알죠.

제게는 1999년이 바로 '그때'였습니다.

'그때' 저는 제 인생에서 가장 쓴 약을 먹었지만

'그때' 저는 제 인생에서 가장 큰 락(樂)을 즐겼어요.

그때가 아니면 안 되는 것들 2 :
시간과 인연의 실

'지금이 아니면 안 돼.'

인생 최대의 파티가 끝난 후,
제 모든 선택의 기준은 저 한 줄이 되었습니다.

'지금이 아니면 안 되니까 모든 것을 다 해야지'가 아니고
'지금이 아니면 안 되니까 할 수 있다면 다 해야지'입니다.

로직은 매우 간단해서
선택해야 하는 순간이 오면
단 두 가지만 넣어보는 겁니다.

'지금 할 수 있나 or 지금 할 수 없나?'

예를 들면 정말 안 될 때가 있거든요.
너무 몸이 안 좋아서 도저히 할 수 없는 그런 때.
그러면 미련 없이 2번으로 가고
할 수 있는 상황인가?

그러면 무조건 1번으로 가는 겁니다.

선택하면 저는 그 일에 실 하나를 묶습니다.

그리고 걸어가요.

걸어가다 보면 누군가가 와서 자신의 실을 묶어줍니다.

제가 누군가의 실을 묶어줄 때도 있고요.

생각해 보면 아주 오래전부터 몸으로 체득한 것 같습니다.

예를 들면 2006년 메탈리카 공연 표를 예매해 놓고는

몸이 아파서 못 갔지만

2019년에는 U2의 공연을 볼 수 있었던 것 같은

전혀 상관없는 것 같지만

제게는 매우 긴밀하게 연결된 것 같은

그런 느낌적인 느낌이요.

그래서 저는 이것을

'시간과 인연의 실'이라고 부릅니다.

인생의 사건들을 묘하게 연결하는 실은

1년 차에 묶여 있는 것,

2년 차에 묶여 있는 것,

그리고 20년 차에 묶여 있는 것이 다 다릅니다.

게다가 그 '연결의 실'은 계속 유동적으로 짜이고

어떤 실은 끊어지고

어떤 실은 잃어버리기도 합니다.

나의 발자취를 따라 이어지는 그 '연결의 실'이

사람과 사람 사이를 건너고

일과 일 사이를 건너면서

엉망진창 엉켜버려서 망한 줄 알았는데

10년쯤 지나 보니

근사한 스웨터 한 벌로 짜여 있는 것을 발견했을 때의

그 기쁨은 정말로 대단합니다.

'올해는 책 내고 꼭 공연하고 싶다. 할 수 있을 것 같다.'

이런 마음이 들었을 때

1998년 학교에서 동기로 만나

제게 실을 묶어준 동생이

계속 기타를 치고 있었습니다.

2000년 싸이월드에서 만나

제게 피아노 MR을 만들어 보내주면서

실을 묶어준 인연도 계속 음악을 하고 있었고요.

그 실은 끊어지지 않아서 다시 연결되었고

두 사람으로부터 이어진 다른 인연들이

다 같이 모여서 나를 도와주는 경험.

더 거슬러 올라가면

나에게 20년 전 실을 묶어 파티를 열어준 형들까지.

밴드는 해체되었고

학교는 졸업하지 못했으며

싸이월드는 사라졌지만

그때 나에게 '지금이 아니면 안 돼'의

실을 묶어준 사람들 덕분에

그 실은

나의 목도리가 되어주었고

나의 장갑이 되어주었고

나의 스웨터가 되어주어서

제가 얼어 죽지 않도록 해주었습니다.

그리고 무려 2000년에

'다시 공연해야지'라고 적어놓은 꿈은

사라지지 않고 2016년에

열 번째 책을 내면서 이루어졌습니다.

간밤에
귀여운 녀석이 다녀갔네

우리는 세 번 고양이를 만났습니다

주차장에 내려가니

귀여운 녀석이 '나 다녀간다' 하고

도장을 찍어놓았습니다.

길냥이를 싫어하는 사람도 있지만

오랑이와 같이 사는 우리는,

(게다가 오랑이는 길에서 만났으니)

길냥이들을 보면 애틋하고, 뭐 그렇습니다.

저 발 도장을 보니 우리가 처음 만났던,

어쩌면 우리의 마음속에 처음으로 발 도장을 찍었던

2011년의 고양이 '쵸파'와

2016년 제주에서 만났던 '보석이'가 떠올랐습니다.

쵸파를 만난 것은 한여름이었습니다.

2011년 우리가 살던 아파트 단지에서

산책하다 만났어요.

그때도 우리는 매일 산책했네요.

어느 날 저 녀석이 졸졸 따라오더니

산책 내내 우리를 따라다니는 거예요.

간식을 준 것도 아닌데(그때는 정말 아무것도 몰랐던 시절)

그렇게 계속 따라오는 게

너무 신기해서 기록해 두었습니다.

그 후로 동네 산책하러 나가면

매번은 아니지만 자주 녀석을 만났고

녀석은 만날 때마다 우리를 따라다녔어요.

너무 자주 만나니 이름이라도 지어주자 하고 고민하다

키링에 달려 있던 '쵸파'가 보여 녀석의 이름을

'토니토니쵸파'라고 지어주었습니다.

쵸파를 만나는 것은 신나는 일이었지만

산책의 끝이면 항상 녀석이 자기를 데려가달라는 듯

아파트 현관이 보이는 곳에서

우리를 빤히 쳐다보곤 했어요.

너무 자주 그러니

한번은 정말 데려가야 하나 꽤 진지하게 고민했습니다.

하지만 제가 워낙 중증 아토피인 데다

단 한 번도 반려동물과 살아본 적이 없어서

자신이 없었습니다.

그때는 지금보다 몸이 더 안 좋았으니까요.

여름이 지나고 가을까지 꾸준히 쵸파를 보았습니다.

겨울이 되자 쵸파를 더 이상 볼 수 없었습니다.

그해 겨울 저희는 이사하게 되었습니다.

이사가 며칠 남지 않았을 무렵,

주차를 하고 집으로 가려는데

어디선가 익숙한 '냐옹' 소리가 들렸습니다.

한동안 보지 못했던 쵸파였어요.

처음에는 몰라봤지만,

우리를 보고 달려오는 것을 보니

분명 쵸파였습니다.

어찌나 반갑던지.

지금 오랑이랑 같이 살아서 알게 된 것이지만

쵸파는 상태가 좋지 않았던 것 같아요.

그때는 살이 찐 줄 알았는데

겨울이라 물도 못 마시고 밥도 잘 못 먹어서

얼굴이 붓고 몸에 문제가 있었던 것 같습니다.

같은 고양이인 줄 몰라봤을 정도니까요.

물이랑 밥을 좀 챙겨주고 사진을 몇 장 찍어주었습니다.

"안녕 쵸파. 잘 지내."

저 사진을 마지막으로 우리는 쵸파와 헤어졌습니다.
길냥이에게 겨울은 혹독한 계절이고
평균수명이 3년이라는 얘기도 나중에 알게 되었죠.

2016년 제주.

처음 제주에 가본 이후
우리는 매년 두 번 이상 제주 여행을 갔습니다.
그날은 사려니숲길에 갔는데
입구에서 시커멓고 작은 무언가가
우리를 따라오는 거예요.
깜짝 놀라서 아래를 내려다봤더니
작은 새끼 고양이 하나가 우리를 빤히 보고 있었습니다.
코 옆에 점이 있는 고양이였습니다.
숲속에 들어온 햇살이 눈망울에 반사돼서
반짝이는 게 보석 같더라고요.

"눈이 보석 같아. 반짝반짝."

그 조그만 녀석이 뒤뚱뒤뚱 우리를 따라오는데
어찌나 귀엽던지.
원래 계획은 바로 숲으로 들어가는 것이었지만
녀석이 계속 따라오는데 우리는 뭐 줄 것도 없는 데다
숲속 깊이까지 들어가면 녀석이 위험할 것 같아서
일단 느릿느릿 주변을 걸었습니다.
우리의 오전 스케줄은 그날 만난 녀석과
함께 걷는 것으로 종료되었습니다.
짧은 만남이었지만 우리는 이 아이와 헤어지기 전,
'보석이'라고 이름을 지어주었습니다.
오래오래 반짝반짝 살라고.

우리가 오랑이를 처음 만났던 밤,
보라요정 님과 전
쵸파와 반짝반짝 보석이 이야기를 했습니다.

그때 데려오지 못한 쵸파가
제주의 그 거대한 숲에서 만났던 보석이가
지금 우리가 오랑이와 함께 살 수 있도록
용기를 낼 수 있게 해준 것 같다고.

생각해 보면 모든 게 연결된 것 같습니다.
7년의 시간을 거슬러
2년의 시간을 거슬러
우리는 2018년에 오랑이를 만날 수 있었던 것 같아요.

안녕,
2011년의 쵸파씨,
2016년의 반짝반짝 보석이
고마워.

지금 하는 일의

결과를

보고 싶다면

그렇게

살아간다 ←

키여운 거

그래서

20년 살아

남았습니다

나도
잘해보려고 그랬다

아주 오래전에 저는 그 말을 이해하지 못했습니다.

"나도 잘해보려고 그랬다."

그 이야기를 듣고 속으로 이렇게 말했습니다.

'그럼 잘하지, 그러셨어요.'

뱉어내지는 않았지만, 그때는 그런 마음이었습니다.
잘해보려고 했으면 잘했어야지요 하고요.
스물몇 살의 저는 그랬어요.

그 이야기를 들었던 나이만큼 시간이 더 흘러서
이제 저는 그 말을 조금은 이해하게 되었습니다.
아니, 지금 어느 순간 "아!" 하고 이해한 게 아니라
매해 조금씩 이해하게 되었죠.

'아! 온 마음을 다 써서 잘해보려고 해도

안 되는 게 있구나.'
'핑계일 수도 있지만 정말 그런 게 있구나.'

말하면 다 되는 줄 알았던 나이,
입체의 이야기를 평면으로 바라보던 나이,
그런 나이를 지나 이제 저는
그게 정말 말처럼 쉽지 않다는 것을 알게 되었습니다.

아버지와 그런 이야기를 나눈 것은
그때가 처음이자 마지막이었습니다.
제가 너무 모질게 대하고 무시하고
그래서 그랬나 봐요.
생전 그런 말 안 하시던 양반이,
아니 대화도 거의 없던 사람이
한 방에 훅 그런 말씀을 하셔서
사실 조금은 놀랐습니다.

"나도… 잘해보려고 그랬다."

그 말 뒤에 어떤 말도 붙이지 않으셨습니다.
그냥 그 한마디였습니다.
그때는 그 한마디 안에
얼마나 많은 사연이 녹아 있는지 몰랐지만

지금은 '나도…' 뒤에 잠시 말이 흐려졌던 그 찰나에
수십 년간의 사연이 담겨 있다는 것을
어렴풋이 알 것 같습니다.
물론 지금의 그 이해가
아버지에 대한 기억 모든 것을 덮지는 않아요.
그저 그때의 일이
지금 내 주위에서 일어나는 모든 사람의 일들을
그동안 있었던 수많은 그들의 이야기들을
조금 더 이해할 수 있게 해주었다는 거죠.

그때의 나는
"잘해보려고 그랬다"라는 말에
"잘하지, 그랬어요"라고 대답했고
지금의 나는
"잘해보려고 그랬다"라는 말에
"뭐 괜찮아요. 그럴 수도 있죠"라고
대답하는 사람이 되었습니다.

'좋은 사람'까지는 모르겠고
'조금 더 이해하는' 사람까지는 온 것 같아요.

나의 다음이,

'조금 더 이해하고 용서하는 사람'까지였으면

좋겠습니다.

아버지의 봉안당

(여전히 1인분의 몫을 못하는 내가 참 미안했던 날)

저는 이제
모든 것을 설명하지 않아요

저는 이제 모든 것을 설명하지 않아요.

귀찮아져서, 마음이 사라져서 그런 것은 아닙니다.

즐겁게 설명할 때도 많아요.

얘기하고 싶은 사람과는 끝없이 얘기를 나누곤 합니다.

제가 수다쟁이인 건 다 알잖아요.

하지만 어떤 사람에게는

굳이 모든 것을 설명하지 않습니다.

이제는 설명이 필요 없는 것들이 있음을 알기 때문입니다.

명쾌한 일이 있어요.

1 아니면 2.

하지만 삶은 그리 간단하지 않아서

그렇지 않은 일들이 100만 25개 정도 더 있습니다.

딱히 이유가 없는 헤어짐이 있습니다.

그저 시간이 흘러서 멀어진 친구가 있고

싸우지 않았지만, 어색해진 사이도 있어요.

내가 뭔가 하지 않았어도 벌어질 일은 벌어집니다.

그리고 생각처럼 안 되는 일들이 있습니다.

사람을 얇은 종잇장처럼 대하는 이를 피하세요.
그 종이가 시간의 겹만큼 쌓여 있어서 펼쳐봐야 하는데도
맨 위의 단 한 장만 보고 얘기하는 사람을 멀리하세요.
본인을 설득하지 못하면
틀린 거라 말하는 사람을 피하세요.
당신이 두둥실 떠 있는 것을 이해하지 못해서
잡아 끌어내리려는 사람을 이해시킬 필요는 없습니다.
살아보니 알고 싶어서, 이해를 위해서
설명을 요구하는 게 아니라
그저 끌어내리기 위해서
끊임없이 틀렸다고 지적하는 사람들이 많습니다.
나이가 들면, 살아온 시간이 쌓이면
구분해 줘야 해요.
당신이 위험하지 않을 만큼 떠 있을 때
당신의 미소를 보며
"어떻게 네가 떠 있어? 어떻게 그렇게 웃고 있어?"라고
말하는 사람에게 굳이 설명하려 하지 말고
"좋아 보인다"라고 말하는 사람의 손을 잡아요.
어떤 오해는 그냥 둡니다.
누구는 그럽니다.
사람을 포기하는 거 아니냐고.

아니요. 좋은 사람을 찾는 거예요.

같이 떠 있을 사람,

같이 웃을 수 있는 사람,

같이 얘기할 수 있는 사람.

이제 제 시간은

온전히 그런 사람들과 나누어도 모자라니까요.

저는 이제
무리하지 않아요

한 시간 앉아서 일하면 반드시 일어납니다.

두어 시간을 작업했다면,

혹은 그것보다 더 오래 컴퓨터 앞에 있었다면

반드시 나가서 산책해요.

저는 이제 무리하지 않습니다.

네! 제 생체 나이가 이제 꽤 됩니다.

몇십 년을 사용했으니 당연히 예전 같지 않습니다.

하지만 단순히 물리적 몸 상태의 변화 때문만은 아니고

생각 자체가 많이 바뀌었습니다.

저처럼 월급이 없는 프리랜서에게는

(말이 좋아 프리랜서 작가이지 돌아서면 '백수' -_-;;)

몇 가지 법칙이 있어요.

그중 하나가 일이 들어오면

한꺼번에 들어온다는 것입니다.

(가령 지금 하는 작업이 잘되어 성과가 크면

다시 또 그만큼 찾는 사람이 많아서 일이 많이 들어오는 거죠.)

일단 20년째 이렇게 살아보니 희한하게도 그렇더라고요.

일이 없으면 계속 없고,

일이 들어오면 한꺼번에 들어옵니다.

예를 들면 제가 20일 정도에

끝낼 수 있는 작업이 들어오고

그 앞뒤로 계약 조율하고 뭐 하고 해서

한 달 시간이 걸렸다고 해봐요.

한 달 작업하고 다음 달에 또 다른 게

'땃!' 들어오고 그러면 좋은데

한꺼번에 두 개, 세 개, 네 개가

들어오는 그런 식이죠.

예전에는 무리해서 그 일을 (최대한) 다 받았습니다.

내 시간을 온통 더 갈아 넣든

다른 분과 협업하든 해서

최대한 받았습니다.

아무리 짜내도 불가능한 스케줄이라고 해도

정말 최대한 하는 쪽으로 선택해야

불안하지 않았습니다.

그런데 어느 날 고장이 나더라고요.

내가 할 수 없을 만큼 과하게 받은 일들로

내가 할 수 없을 만큼 과하게 벌인 일들로

내가 탈이 나기 시작했습니다.

신체적으로뿐만 아니라 정신적으로도요.

그때가 되면 내가 선택할 수가 없어요.
그냥 아무 일도 못 하게 됩니다.
이런 말 하면….

"그게 다 여유가 생겨서 그래."

이렇게 말하는 사람도 있습니다.
그 말도 틀린 건 아닙니다.
맞습니다. 여유가 있어서 안 하는 일도 있어요.
그런데 여유가 없고 진짜 당장 죽을 것 같아도
고장 나버리면 선택할 수가 없다니까요.
그냥 못 해요.
지금 나이보다 훨씬 젊은 시절에 그랬거든요.

이제 저는 무리하지 않습니다.
미래의 시간과 체력, 정신력을 가불해 와서
현재에 불태워 보는 것은
나를 조금 더 모르던 시절
그 한때면 충분하거든요.
아니, 젊은 시절에는 그 과정이 꼭
필요한 수순이기도 합니다.
그렇게 수없이 시행착오를 겪고
내 몸의, 정신의 '가동 범위'를 알게 되었어요.

그러면 작업뿐만 아니라 삶의 선택지마다
이 부분이 고려할 최우선 사항이 됩니다.

'내가 어디까지 감당할 수 있는가?'

"무리하지 않고 딱 할 수 있을 만큼만"

그래서, 저는 이제
서운하지 않아요

장기하의 노래 〈부럽지가 않아〉를 듣다가
문득 생각이 들었어요.

"저번에 그 연락 준다는 거 얘기가 없어서…."
"아, 그거. 아, 내가 연락 안 했어요?
아, 미안. 요즘 좀 바쁘네. 확인하고 연락해 줄게요."

그 후로 그 친구에게 연락은 오지 않았습니다.

나는 이제 서운하지 않습니다.
감정이 사라진 게 아니고
서운한 감정만 점점 줄어드는 것 같아요.
그리고 그게 살아가는 데 참 좋습니다.
서운한 게 별로 없으니
누굴 크게 미워하거나 오해할 필요가 없습니다.
사람도 일도 전부 마찬가지예요.
이미 약속 장소에 나와 있는 와중에 약속이 깨져도
나는 서운하지가 않아요.

사정이 있겠지, 다음에 보면 되지.

일 때문에 연락받기로 하고 연락이 오지 않아도

뭐 내가 마음에 안 드나 보지,

나보다 더 좋은 쪽이 있나 보지, 하고 말아요.

거슬러 올라가면 꽤 오래전부터 그렇게 변한 것 같습니다.

조금씩 조금씩 나는

감정의 고저 차를 줄이기 시작했어요.

뭐 대단히 노력한 것은 아니었습니다.

그저 마음이 편한 쪽에 놓다 보니

자연스럽게 그렇게 되었습니다.

좋은 감정들은 증폭되고

나쁜 감정들은 작아지는 것 같아요.

좋아지고 있는 것 같습니다.

나의 서러움은

사실 그 옛날 그때

게이지의 끝까지 차올라 터져버렸어요.

망가진 것은 다 나쁘다고 생각했는데

망가져서 좋은 것도 있었습니다.

보라요정 님과 산책 중이었습니다.

"오빠, 저번에 그 일 어떻게 됐어?"

"그거? 연락해 준다더니 얘기가 없네."

"웃긴다. 자기들이 먼저 막 연락하고 그러지 않았나?
그리고 예전에 오빠가 일도 도와주고… 맞지 거기?"

"그렇지."

"괜찮아?"

"괜찮지. 내가 언제 서운하게 한 적이 있나 보지.
아니면 이제 그다지 필요하지 않거나."

"그런데 괜찮아?"

"응. 나는 이제 서운하지가 않네."

이제 계절의 끝자락인 것 같아요.
다가오는 계절의 푸르고 달달한 내음이 바람에 묻어옵니다.
지금의 제 마음처럼.

"나는 이제 서운하지가 않네."

너무 높지 않게 날아서
살아남았습니다

믿어지지 않는 이야기를 하나 하자면,

저는 (약) 100만 권의 책을 팔았습니다.

네. 살짝 올려 쳤어요.

(우리 그 정도는 좀 봐줄 수 있는 사이 맞⋯. -0-)

그리고 100만 권 안에는 제가 썼던

열두 권의 책뿐만 아니라

17년 동안 만든 다이어리인 '시간기록장',

외주로 받았던 아이들 책까지 다 포함됩니다.

진짜 제 그림과 글을 모두 박박 긁어모아 그렇습니다.

숫자를 얘기하는 걸 그다지 좋아하지는 않지만

이 얘기에 숫자는 꼭 필요해서 어쩔 수 없어요.

저 숫자는 대단하기도 하고 대단하지 않기도 하거든요.

딱 저 한 줄만 보면 100만 권! 이럴 수 있는데

제가 그림 그린 20년을 대입해 보면

1년에 5만 권으로 바뀌고

(그것도 지금 기준으로 보면 큰 숫자이기는 합니다)

어느 작가는 단 한 권으로 100만 권을 팔기도 하니까요.

언젠가 만화가 형님 중 한 분이 물어본 적이 있습니다.

"헌재, 너는 뭐 먹고사냐?"

(나쁜 뜻으로 한 이야기가 아닙니다.
저는 연재를 거의 안 해서
연재 위주로 살아오신 형님은
궁금해할 부분이기도 하거든요.)

저는 대답했습니다.

"그냥 이것저것 다 합니다."

진짜로 그렇거든요.

제 캐릭터는 좀 묘한 위치에 있습니다.
어디선가 스쳐가며 한번은 본 것 같아서
'아, 나 저거 알아요' 하는데
또 완전 유명한 캐릭터처럼 딱 이름이 떠오르지는 않는,
완전히 다 소비된 것은 아니라서 간간이 팔리는데
또 그렇게 사람들이 많이 팔린 줄은 모르는
그런 묘한 위치에 있습니다.
언젠가 형님의 저 질문에 대해 생각해 본 적이 있어요.
마침 친구들하고 그런 얘기를 나누기도 했고요.
운이 좋았고 그 운을 잡을 수 있을 만큼,

나름 쉬지 않고 그리고 썼습니다.

20년쯤 지나니까 그 긴 궤적을 그려볼 수 있게 되었어요.

이제 거의 이야기의 끝에 와 있습니다.

원래 이 책은 진작에 원고가 끝나 있었습니다.

2017년에《잘한 것도 없는데 또, 봄을 받았다》이후

〈같이 살 수 있을까〉를 연재하고

그 연재분을 모아 2019년과 2020년

세 권의 책을 만든 후

다음 책을 바로 준비해서

그해 거의 작업이 끝났었습니다.

작가마다 다르지만

보통 원고를 만들기 전에 먼저 계약하는 경우가 많은데

저는 원고가 거의 다 만들어지고 난 뒤에

출판사를 찾습니다.

모르겠어요.

원고가 되지 않았는데 계약을 먼저 하면

마음이 편하지 않을 것 같아서

첫 책의 시작을 그렇게 해서

그런지 늘 그랬습니다.

원고가 거의 끝났다 싶어

출판사를 알아보며 여러 가지 고민을 하던 중에

글 하나를 다시 썼습니다.

시작은 그 글 하나였어요.

원래 그래요.

책은 인쇄를 넘기기 전까지

끊임없이 고치고 싶어집니다.

그게 2022년 초였습니다.

그리고 매일 글을 하나씩 쓰기 시작했습니다.

원래 그림만, 짧은 글 하나만 있던 페이지가 많았는데

그림도 다시 그리고, 글도 다시 쓰기 시작했어요.

대략 60개의 이야기를 잡아놨으니까

매일 하루도 빼놓지 않고 두 달을 쓰고 그렸네요.

단 하루도 거르지 않았습니다.

마치 20년 전 첫 책을 낼 때처럼 작업을 했습니다.

제 개인 홈페이지 뻔쩜넷의 모든 메뉴에

매일 글, 그림 하나씩을 올리던 시절이었죠.

20년이 지났어도 20년 전 처음처럼

작업할 수 있게 된 동력을 한 문장으로 얘기한다면,

"너무 높지 않게 날아서"입니다.

처음에는 조금 붕 뜨기는 했지만

금방 제자리를 찾은 것 같습니다.

너무 높게 날지 않아서 떨어져도

죽을 만큼 다치지 않았고

낮게 나는 대신 최대한 힘을 쓰지 않고

딱 쓸 만큼만 써서

빨리 지치지 않았습니다.

낮게 나는 대신 손만 뻗으면

닿을 수 있는 곳에 사람들이 있었습니다.

낮게 나는 대신 언제나 원하면

바닥에 발을 딛고 천천히 걸으며

쉬었다 갈 수 있었습니다.

저는

그때부터 지금까지 높이 날지는 못하지만

낮게, 그리고 오래 행복하게 날고 있습니다.

코로나가 끝난
첫 여름이었다

코로나가 처음 시작되었을 때

이제 우리는
코로나 이전의
시대로 돌아갈 수
없습니다.

진짜?

에이, 설마…
곧 좋아지겠지.

느낌이
쎄한데.

〈2년 전의 어리석은 흰둥이〉

이렇게 오래갈 줄 정말 몰랐다.

정말로 이렇게 오래갈 줄 몰랐습니다.

코로나가 시작된 후 전문가가 TV에서 하는 말을 듣고도

믿지 않았어요.

예전의 사스나 메르스처럼 어느 정도 시간이 지나면

괜찮아질 줄 알았습니다.

우리나라는 괜찮겠지, 했어요. 과학은 위대했습니다.

모든 게 과학자, 전문가들의 말대로 흘러갔습니다.

코로나는 전 세계로 퍼져나갔고

수많은 사람이 목숨을 잃었습니다.

코로나 기간 동안 우리의 일상도 많은 것이 변했습니다.

외출을 거의 하지 않게 되었습니다.

보라요정 님과 저는 2014년부터

매해 시작과 끝을 제주에 내려가서 보내고

어느 해에는 세 번이나 가기도 했어요.

제주 한 달 살기까지 했었죠.

코로나 시작과 함께 저희의 제주 여행도 멈추었습니다.

자주 가던 극장 체인에 10년 동안 VIP여서

멤버십 등급도 최고 높은 등급이었지만

코로나 시대 이후 한 번도 극장에 가지 못했습니다.

자주 가던 뮤지컬, 공연, 모든 것이 멈추었습니다.

매일 카페에 가던 것도, 맛집에 가던 일도

거의 못 하게 되었습니다.

사람들은 모두 마스크를 쓰고

여러 명이 모여 신나게 떠들던 시간도 멈추었습니다.

친구들 모임도, 가족들 모임도 모든 게 멈추었습니다.

'조금 유난 아니야?' 하실 수 있지만

제가 면역 계통의 질환을 가지고 있으니

더 조심할 수밖에 없었습니다.

언젠가 역류성 식도염 증상이 생긴 적이 있습니다.

(아 걸어 다니는 병원이야, 뭐야!! -_-;;)

매일 커피를 마시는 게 인생의 큰 즐거움인데

증상이 좋아질 때까지 커피를 끊어야 했습니다.

아아아, 커피, 겨우 하루에 한 잔, 많아야 두 잔인데!

그걸 끊으라니.

의사 선생님이 그러라고 하니

한동안 커피를 꾹 참고 약을 잘 먹어서

많이 괜찮아졌습니다.

거의 한 달 이상, 커피를 못 마시다가

이제 드디어 마셔도 된다는 얘기를 듣고

카페에 가는데, 정말 발걸음 자체가 다르더라고요.

(마치 만화에 나오는 신나는 그 발걸음 동작 같았죠.)

카페 문을 열고 들어서자,

커피 볶은 향이 확 느껴지는 게 예전과 달리 너무 강해서

매일 오던 카페 맞나 하는 생각이 들 정도였습니다.

한 달 만에 후각이 미친 듯이 발달한 게 아닐 테니
그냥 다 놀라웠어요.

"오랜만에 오셨네요."

바리스타님의 반가운 인사도,
다 아는 메뉴인데 주문하는 것도,
커피가 나오기를 기다리는 그 짧은 시간조차
들썩거릴 정도로 신이 났습니다.
커피를 손에 감싸 쥐고 한 모금 한 모금 마시는데
너무 좋아서 속으로 이렇게 말할 정도였습니다.

'커피야, 줄어들지 마! -0-'

네. 거의 매일 오던 카페였고
매일 마시던 커피였어요.
다만 달라진 것은 한 달 동안 오지 못했던 것,
자의가 아닌 타의로.

저는 긴 시간, 일상이 사라지는 경험을
두 번 했습니다.
아토피 부작용이 가장 심해서 밖에 못 나가던 2년,
(중간중간 짧게짧게 일상이 멈추는 경험을 계속했지만

그래도 가장 크게, 가장 길게 각인되었던 것은 그때여서)

코로나로 인해 일상이 사라진 2년.

첫 번째 경험은 순전히 혼자만의 경험이고

두 번째 경험은 저만이 겪은 일은 아니지만

두 가지가 비슷한 게 있습니다.

사람이 고립되는 것.

사라졌던 것이 돌아오면

그것을 대하는 감정이 두 배, 세 배가 됩니다.

아마도 많은 분이 느끼게 되겠죠.

20년이 지났어도

저는 2년 만에 다시 처음으로 탄 지하철의, 버스의

따스한 기운이 아직도 생생히 기억납니다.

명동 길거리에 한 시간 넘도록 앉아

지나가는 사람들의 얼굴만 봐도 좋았던 기억.

다시 찾아간 극장,

아무렇지도 않은 한강공원, 바다, 사람들,

그 모든 것이 기억나요.

그때의 기억들이 20년을 그리며 살아내는 데

큰 도움이 되었습니다.

코로나 이후 우리의 삶은 이전보다 더 힘들겠지만

우리가 느끼는 행복의 횟수는

오히려 더 늘어날지 모릅니다.

예전보다 더 작은 일에도,

예전보다 더 작은 것에도,

더 큰 만족을, 더 큰 행복을 느끼게 될지 모릅니다.

코로나 이후의 바다,

코로나 이후의 커피,

코로나 이후의 사람.

2년의 시간을 빠르게 잊지만 않으면

어쩌면 우리는 더 좋아질지 몰라요.

한때 웹에서 모든 글의 끝에 '…여름이었다'를 넣으면

'아련아련'해진다는 장난 같은 말이

돌던 때가 있었습니다.

코로나 우세종이 오미크론으로 바뀐 뒤

이제 조심스럽게 코로나의 끝을 얘기하는

학자들이 생겨나고 있습니다.

올여름에는,

이런 말을 쓸 수 있었으면 좋겠습니다.

"코로나가 끝난 첫 여름이었다."

추신   이 글을 쓴 시점은 2022년 봄,

  ;   이 글을 책에 싣기 위해 편집하는 시점은 2023년 여름.

      올여름은 정말 '코로나가 끝난 첫 여름'이 되었습니다.

      우리는 무엇이 얼마나 바뀌었을까요?

"코로나가 끝난 첫 여름이었다."

귀찮은 일들이
즐거워지다

오랑이가 집에 온 지 벌써 5년이 넘었습니다.
5년이라니!!!!! 하루도 힘들 것 같은데 벌써 5년이라니!!!

오랑이가 오고 우리의 삶이
얼마나 변화했는지를 세어보자면….
아, 너무나 많아서 다 적을 수 없을 것 같아요.
그래도 한 문장으로 적어보라 하면
'귀찮던 일들이 즐거워졌다'라고 할 수 있을 것 같습니다.

싫고 귀찮고 불편한 일들이
기꺼이 할 만큼 즐겁고 좋아진 거죠.

살아보니 인생은 단순합니다.
우리는 언제나 그런 질문을 하고
같은 질문을 받아왔어요.

'어떤 사람을 만나야 하나요?'
'어떤 일을 해야 하나요?'

답은 간단합니다.

아니, 이제 제게는 그 답이 나와 있어요.

나를 좋게 만드는 사람을 만나고

내가 좋아질 수 있을 일을 하면 됩니다.

본인이 제일 잘 알아요.

내가 좋아지는지 나빠지는지,

내가 어떤 곳으로 가는지,

내가 점점 발전하고 있는지,

자기 자신이 제일 잘 압니다.

당신의 시간을 '순삭'해 주는 (즐겁게 말입니다!)

사람이 있다면 잡으세요.

당신이 '좋은 사람이 되어야겠다'라고

생각하게 만드는 사람이 있다면

그 사람이 맞습니다.

당신을 변화시켜 주는 존재, 일, 물건,

그것들 덕분에 당신이 좋게 변화했다면,

바뀌고 싶어졌다면,

제대로 만난 겁니다.

잡아요,

모두.

귀찮던 일들이
즐거워졌다.

그렇게 살아간다

그렇게 살아간다

그렇게 살아간다

그렇게 살아간다

그렇게 살아간다

그렇게 살아간다

그렇게 살아간다

기억은 가 그래서 20년 살아남았습니다

기억은 가 그래서 20년 살아남았습니다

기억은 가 그래서 20년 살아남았습니다

기억은 가 그래서 20년 살아남았습니다

기억은 가 그래서 20년 살아남았습니다

기억은 가 그래서 20년 살아남았습니다

기억은 가 그래서 20년 살아남았습니다

기억은 가 그래서 20년 살아남았습니다

불안하지만 괜찮은 날들, 나의 꽤 괜찮은 삼각형

'불안한데 왜 괜찮아?'

2022년의 마지막 날,
갑작스럽게 눈 수술을 하게 되었습니다.
백내장 수술 중에 눈에 넣었던
오른쪽 눈의 렌즈가(대부분 평생 간다고 하는데 ㅜ_ㅜ)
탈구되는 증상이 있었습니다.
괜찮길 빌며 눈을 지켜보던 중 렌즈가 완전히
떨어지는 바람에 급하게 수술을 하게 된 것이죠.
한번 수술을 했던 눈이라 이번에는
망막 수술까지 해야 했고 망막 전문 선생님이 계신
큰 병원으로 가야 했습니다.
전신마취로 공막 고정술(눈 흰자에 렌즈를 실로 묶어 고정하는
수술)을 받고 2박 3일간 입원했습니다.
그렇게 2023년을 병원에서 시작했어요.

바보같이 병원에서 쓸 생각으로 다이어리랑 패드 등을
챙겨갔는데….
아, 나 눈 수술했지!
수술 결과가 좋아 무사히 퇴원했고
일주일간은 그림을 그리지 않았습니다.
(가끔 타자만 치고.)
생각해 보니 20년간 그리는 일을 하면서
새해 첫날에 그림을 그리지 않은 것도 처음이었고
이렇게 오래 그리지 않은 것도 처음이었습니다.

눈 수술 후 매일 붙이고 자는 플라스틱 보호대.
일반 사람들은 짧으면 2주, 길면 한 달 정도 하는데
저는 수술 후 매일 하고 잡니다.
(자다가 건드리면 큰일 나니까요.)
원래는 플라스틱 보호대에 달린 고무줄을
그냥 편하게 귀에 걸고 자면 되지만
제 경우는 잠자는 동안 고무줄을 거의 벗겨내는 통에
불안해서 플라스틱 보호대에 거즈를 대고
의료용 테이프로 사면을 다 둘러 붙이고는
잠자리에 듭니다.
2022년 12월 31일에 수술하고 지금까지
벌써 8개월째 이렇게 자고 있어요.

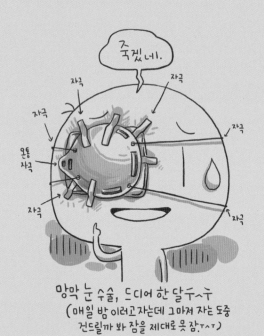

망막 눈 수술, 드디어 한 달수술
(매일 밤 이러고자는데 그마저 자는 도중
건드릴까 봐 잠을 제대로 못 잠.ㅜㅅㅜ)

테이프를 왜 이렇게 많이 붙이냐면

자다가 무의식중에 떼어내니까 ㅜ_ㅜ

어쩔 수가 없습니다.

그 후 한 석 달간은 잠을 거의 못 잤습니다.

예전에도 잠을 잘 자지 못했지만,

수술 후에는 정말 제대로 못 잡니다.

어찌나 긴장하고 잠드는지

조금이라도 보호대를 건드리는 느낌이 들거나

보호대가 떨어지는 느낌이 들면

깜짝 놀라 일어나곤 하죠.

(그나마 잠에서 깨는 게 놀랍기도 합니다.

긴장도에 따라 깨는 순간이 빨라집니다. 인체의 신비!)

보통 제대로 잠을 자는 기준이 10이라고 하면

제 잠의 깊이는 2에서 3 사이일 듯합니다.

잠의 질이 좋지 못하니

잠을 자도 잔 것 같지 않아 피곤은 가중됩니다.

하지만 잠을 너무 깊게 자면

보호대가 떨어져도 일어나지 못할까 두려워서

계속 긴장을 타는 그런 날들의 연속입니다.

반대쪽 눈도 조심해야 해서 양안 보호대를 붙여봤지만…

와, 그거는 정말 못 하겠더라고요. ㅜ_ㅜ

(심지어 너무 압박이 가해져서 그런지 눈이 퉁퉁 붓기도 하고 워낙 약한

피부에 테이프가 자극이 되어 뻘게지기도 했죠. 흑흑.)

가지 않을 것 같던 시간도 결국 흐르고

적응하지 못할 것 같던 일들에도 적응해요.

이제 보호대를 붙이고 잠을 자는 일에

어느 정도 익숙해졌습니다.

그러다 보니 불안하고 불편한데…

이상하게 괜찮습니다.

그냥 괜찮다고 얘기하는 게 아니라 정말로 괜찮아요.

생각해 보니 거의 평생을 이렇게 지내와서
그런 것 같습니다.
편하게 자본 기억이 이제는 별로 남아 있지 않고
언제나 불안을 끌어안고 살다 보니
이제는 그저 불안의 레벨이
오르락내리락하는 느낌입니다.
불안이 강해지면 덜어내어 여기저기 버리는 방법도
나름 터득한 것 같고요.
어쩌다 보니 불안과 친해진 저는
이제 별로 원망하거나 분노하지 않습니다.
그렇게 되기까지 도와준
80번의 계절과 수많은 사람,
이 책에 적어놓은 많은 사건,
이 책에 적어놓지 못했지만
내 안의 돌에 새겨둔 셀 수 없이 많은 사건.

그리고 나의 소중한 삼각형.

나와 내가 사랑하는 사람과

귀여운 우리 고양이가 만드는.

원이었으면 너무 빨리 굴러서 비켜 나갔을 것 같고

사각이었으면 한 바퀴 구르는 것도

힘들어 포기했을 것 같은.

서로의 위치가 삼각형의 꼭짓점이라서

너무 빠르지도 너무 느리지도 않게

튼튼하게 우리만의 속도로 시간을 지나올 수 있었습니다.

그러니 괜찮아요.

20년 동안 늘 불안했지만

괜찮은 날들이었습니다.

게다가 이 삼각형은 지금도 앞으로도

꽤 튼튼할 것 같습니다.

거절당해도, 실패해도, 부서져도, 망해도, 느려도, 아파도

저는 웬만하면 괜찮습니다.

불안이 깊을수록

아주 얄팍한 행복(남들이 말하는)에도 기쁘고 좋습니다.

이제 커피 마시고 귀여운 거나 그리러 가야겠어요.

"꽤 괜찮은 삼각형."

아나아나 꾹꾹
눌러 그린 발자국,
그 한결같은 향상성의 힘

20년 전, 페리테일 정헌재 작가를 만났다.

헌재와 나는 둘 다 이제 막 만화를 시작한 신인작가였다.

그림 실력이 모자란 나는

헌재의 깔끔하고 귀여운 그림체가 늘 부러웠다.

뭐든 해보려고 아등바등했던 나와 달리

헌재는 늘 차분했던 것 같다.

시간이 지날수록 헌재의 그 차분함이

단단함이었음을 알게 됐다.

20년이 지났다. 헌재와 나는 어딘가 영역이 달라졌다.

나는 그동안 만화도 그리고 극본도 쓰고

이것저것 해왔지만, 헌재는 꾸준히 한결같이

귀여운 그림을 그려왔다.

이제 나는 헌재의 그 귀여운 그림들이 하나하나

꾹꾹 눌러 그린 발자국이었음을 안다.

헌재를 보면 안다.

그 무엇보다 귀여움이 오래간다.

그 한결같은 향상성이

귀여운 그림이 되었을 뿐이다.

페리테일 정헌재 작가는 다시 20년 후에도

계속 귀여운 거 그리며 단단하게 살아남을 것이다.

– 강풀(만화가 & 극본작가)

선량하고
다정한 방식으로
살아남았다

마지막 장을 덮으며 확신했다. 긴 글을 읽을 여력조차
없이 삶에 잠시 지쳐 있는 이들에게, 귀여운 그림들과
함께 짧지만 속 깊은 지혜가 반짝대는 글들로 가득한
이 책을 정말 많이 선물하고 다니겠구나.

여러 힘든 시간들을 묵묵히 내딛으며 20년을 꾸준히
쓰고 그리며 살아낸 사람의 이야기는 존재 자체로
이미 커다란 응원인데, 무엇보다 그가 적당히
타협하지 않고, 선량하고 다정한 방식으로
살아남았다는 것이 정말 커다란 용기를 주었다.
오래 살아남는 기쁨은 결국 좋은 어른이 되어가는
기쁨 없이는 온전할 수 없다는 것을,
암흑의 시절 속에서도, 지극히 평범한 아침 밥상 위에서도
기어이 특별한 빛을 찾아내는 사람에게 세월은

쓸데없는 시간이 하나도 없다는 것을
페리테일 작가님을 통해 새삼 깊이 깨닫는다.

일상의 틈새에서 행복을 찾아내어 수집하고,
삶 곳곳에 힘들 때 회복할 수 있는 장치들을 단단히
심어놓으며, 버려야 할 것과 간직해야 할 것을
그때그때 분별하며 자기만의 속도로 살아가는 방법을
가장 귀여운 방식으로 배울 수 있는 책.

어쩐지 이 책을 손 닿는 데에 꽂아두고 불안과
회의의 파도가 덮쳐올 때마다 꺼내 읽다 보면
나도 앞으로 10년은 거뜬히 잘 살아낼 수 있을 것만 같다.

— **김혼비**(에세이스트)

Thanks to

"결국 핀다."

귀여운 거 그래서
20년 살아 남았습니다

초판 1쇄 발행 2023년 9월 18일
초판 2쇄 발행 2023년 11월 20일

지은이 정헌재(페리테일)
펴낸이 최수연

책임편집 로사
교정교열 윤정숙
디자인 올콘텐츠그룹
모니터링 (주)레몬커뮤니케이션즈
경영자문 고진석, 강봉준

펴낸곳 (주)메타미디어월드 / 아워미디어
등록번호 제2020-000035호 **등록일자** 2020년 2월 14일
주소 서울시 중구 남대문로9길 24 패스트파이브타워 1023호
전화 070-8065-2014 **팩스** 070-7966-0160
이메일 our.media.star@gmail.com

★우리의 콘텐츠가 별이 되리라★
남다르고 독특한 콘텐츠 스타들이
우주 최강 설레임을 선사하는 '별'스러운 좌표, OUR MEDIA

블로그 blog.naver.com/ourmedia_star
인스타그램 instagram.com/ourmedia.star

아워미디어는 (주)메타미디어월드의 출판 브랜드입니다.

ISBN 979-11-976673-2-9 (03810)